AF290057

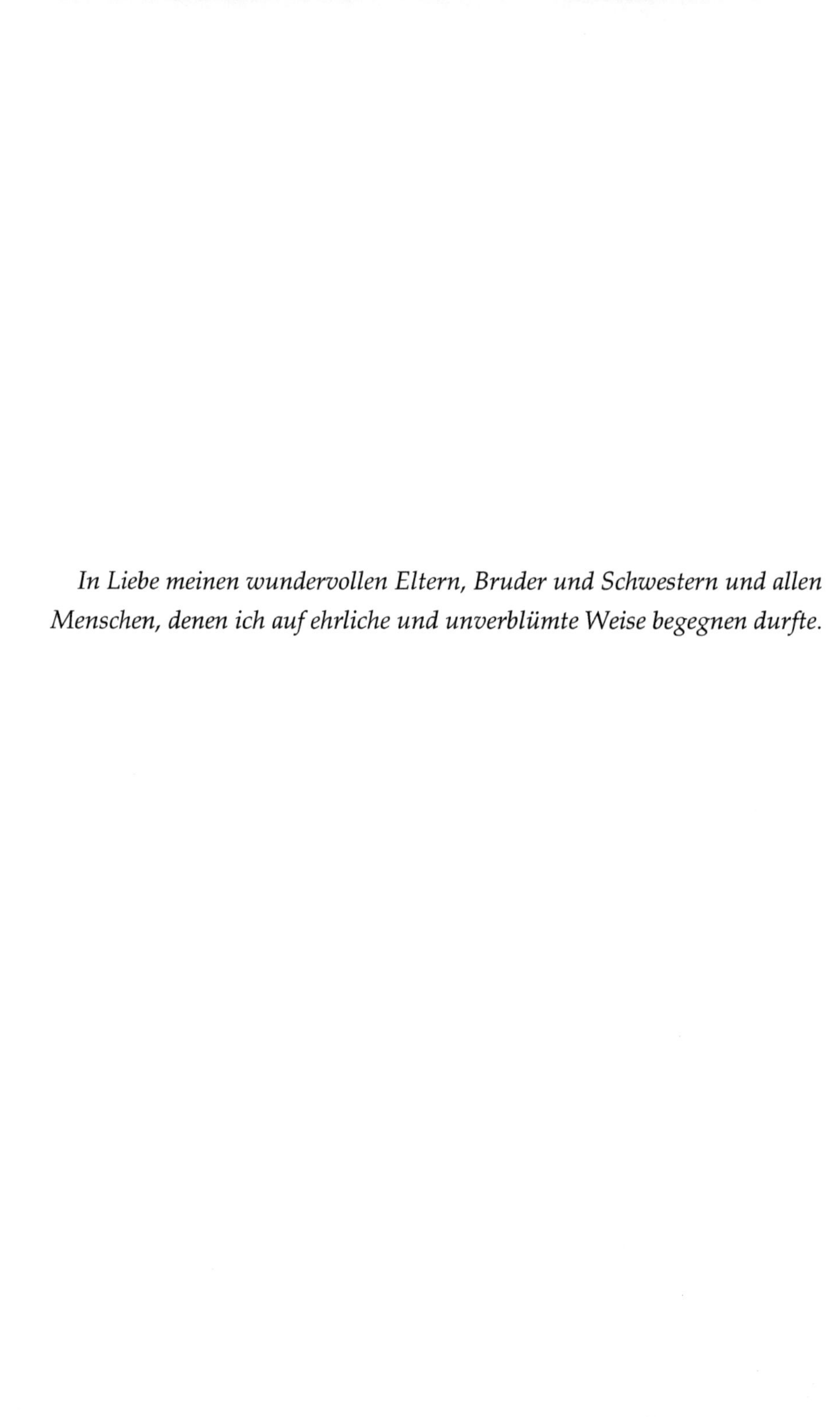

In Liebe meinen wundervollen Eltern, Bruder und Schwestern und allen Menschen, denen ich auf ehrliche und unverblümte Weise begegnen durfte.

Tobias Schill

ÄHNLICHgeist
für immer RETRO!?

Autor: Tobias Schill
Verlag und Druck: tredition GmbH, Halenreie 42, 22359 Hamburg
ISBN: 978-3-347-05864-4 (Paperback)
       978-3-347-05865-1 (Hardcover)
       978-3-347-05866-8 (e-Book)

Bibliografische Information der Deutschen Nationalbibliothek:
Die Deutsche Nationalbibliothek verzeichnet diese Publikation in der Deutschen Nationalbibliografie; detaillierte bibliografische Daten sind im Internet über http: //dnb.d-nb.de abrufbar.

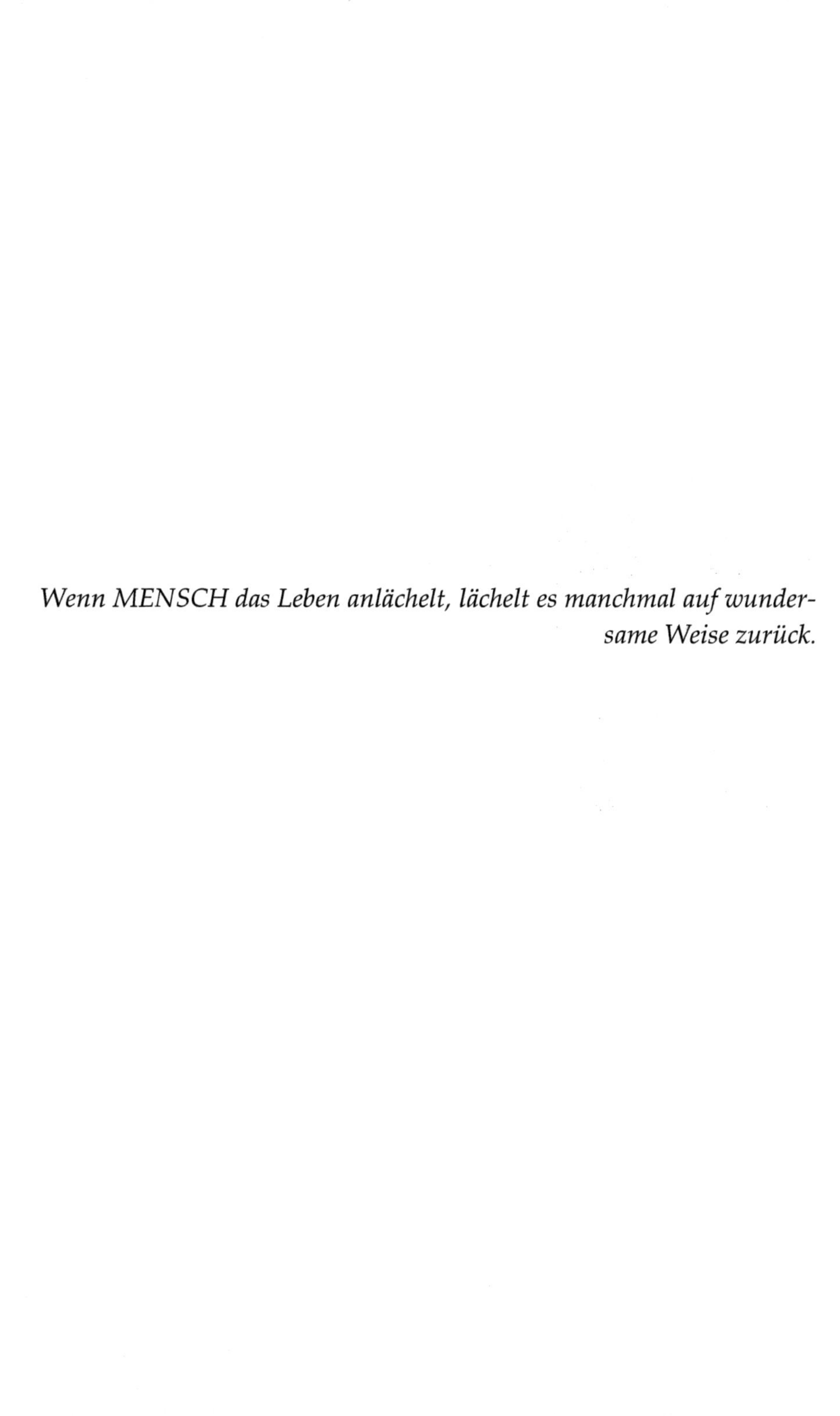

*Wenn MENSCH das Leben anlächelt, lächelt es manchmal auf wunder-
same Weise zurück.*

Ein Buch schreiben. Das wär´ mal was Besonderes, träumte Bastian früh morgens, als er wach lag und vor sich hindämmerte. *Ein richtiges Buch. Lustig. Und spannend. Trotzdem leicht zu lesen. Kein so Wälzer natürlich. Mehr so - naja ... ein Buch für alle halt*, plante er eifrig. Während er sich langsam und vorsichtig aus dem Bett wandte und leise ins Bad tänzelte, um seine süße Freundin Nina neben ihm nicht zu wecken, ließ er seinen hehren Gedanken freien Lauf. Bilder von gefeierten und gefallenen Helden und Heldinnen, bunteste Plätze, zahme und wilde Tiere - ganze Universen - huschten und kreisten und piepsten vor seinem inneren Auge. Er war auf einmal so munter und hippelig, dass er die defekte Klospülung komplett vergas. Uuups! Glück gehabt, dass Nina noch schlief. Er hatte ihr schon lange versprochen, sich um das nervige Problem kümmern zu wollen. Jetzt blieb ihm noch kurz Zeit nach unten zu laufen, einen Eimer zu holen und den Brei hinunterzuspülen. Sie würde nichts mitbekommen. Bastian musste lachen und flüsterte vor sich hin: „Wär' doch eigentlich ein witziger Aufhänger für meine Geschichte!"

Warum er sich so urplötzlich für Bücher interessiere, fragte Nina, als das junge Paar später beim klassischen Lieber-Länger-Schlafen-als-Früher-Aufstehen-Turbo-Frühstück saß. Bastian hatte ihr soeben von seinem kühnen Vorhaben erzählt. Hmmmm ... das wüsste er auch nicht so genau. Er habe heute früh einfach einen sehr reellen Bücher-Traum gehabt, so eine Art Eingebung. „Ich will halt einfach mal was Besonderes tun", prophezeite er und gestikulierte theatralisch. „Und für ein Buch braucht man ja nicht viel ... nur Papier und Stift!" erklärte er euphorisch. „Wie wär's mit einem bildhaften Geist, Einfühlungsvermögen und einem Hang zu Einsamkeit!? Und ein ausgeprägtes literarisches Vorverständnis hilft natürlich auch," dozierte die clevere Nina amüsiert. Doch Bastians Euphorie hielt Stand. Er wolle einfach mal losschreiben und sich allmählich von einem Gedanken zum nächsten vortasten, philosophierte er und nippte an seinem Espresso, um Nina nicht anblicken zu müssen. „Na gut", witzelte seine bei-allen-beliebte Freundin. „Und was für ein Buch?" „Ein lustiges," antworte er reflexhaft. „Ein lustiges also. Okay ... und welches Genre?" hakte Nina nach. „Welches was?" nuschelte Bastian über den Rand seiner Kaffeetasse. „Na welches Genre!?" wiederholte sie und wischte dabei über den Küchentisch. Dass du nicht einmal mit putzen warten kannst, bis wir fertiggefrühstückt haben, hätte ihr Bastian gerne gesagt, verdrängte seinen Impuls aber wie sooft. Stattdessen ergänzte Nina: „Ich spreche von literarischen Gattungen: Liebesroman, Fantasiegeschichte á la *Harry Potter* oder wie wär's mit einer Biographie? *Knuffi*, was ich meine ist: was für eine Sorte von Buch?" „Einfach eine humorvolle Geschichte," schloss er. Nähere Gedanken habe er sich noch nicht gemacht. „Verstehe. Hätte mich jetzt auch schwer gewundert," stellte Nina fest und klang dachte-ich-mir-schon-haft. „Bin ja erst am Anfang meiner Ideen," wehrte sich Bastian. „Weiß schon. Na dann keep-me-up-to-date. Aber vergiss dein Praktikum nicht. Ich muss los." Nachdem sie das Geschirr in die Spülmaschine geräumt hatte, gab Nina ihrem *Knuffi* noch einen flüchtigen Wangenkuss und wollte gerade losgehen, als ihr noch etwas einfiel: „Hast du eigentlich den Klempner informiert? Nicht das einer von uns noch aufs Klo geht und die kaputte Spülung vergisst." erinnerte sie Bastian neunmalklug. „Bitte sag´ nicht immer Klempner ... Das ist ein sehr seriöser handwerklicher Beruf! Werd´ mich nach dem Frühstück darum kümmern", antwortete Bastian verlegen und probierte so natürlich wie möglich zu klingen. Nina lächelte nochmal kurz - es war ihr typisches hab-ichs-doch-gewusst Lächeln, wenn ihr verplanter Freund etwas vergas - dann war sie weg. „Wünsch´ dir einen schönen Tag!", hauchte Bastian vor sich hin. Lauter brachte er es nicht heraus. Denn nachdem Nina die Wohnung verließ, verfiel er in eine kurze Trance. Weshalb hinterließ seine Süße wieder so ein merkwürdiges Gefühl von Enge im Raum und vor allem in ihm? Egal jetzt! Jetzt war keine Zeit für Drama. Er schleppte sich nochmal ins Bad - diesmal würde er an die Spülung denken - hing sich seinen geliebten selbstgenähten Turnbeutel um und trabte los. Ohne davor einen Handwerker zu kontaktieren.

Welches Genre? Lustig? Klar, eine Komödie. Ist das ein Genre, rätselte Bastian jetzt in der einmal mehr dichtgedrängten Bahn. Glücklicherweise musste er die Tram nur einmal wöchentlich beanspruchen. Nämlich freitags. Er mag es einfach nicht, an Pläne oder Uhrzeiten gebunden zu sein. Daher gefiel ihm der Gedanke des Buches umso mehr. Einmal die Möglichkeit haben, etwas frei nach Belieben zu gestalten. *Denken ins Offene,* träumte er und fragte sich, wo er diesen Gedanken schonmal gelesen hatte? *Welches Genre also?* Direkt nach dem Gruppentreffen - hoffentlich hatte die quirlige Paula heute nicht wieder so viele Fragen und es dauerte nicht so lange - wollte er in die Stadtbibliothek gehen. Dort erhoffte er das von Nina vorgeschlagene *literarische Vorverständnis* zügig zu erarbeiten und sich anzueignen und danach hieße es Wochenende und er konnte endlich losschreiben. Das hippelige Kind in ihm blühte auf. Es klang alles nach einem guten Plan. Doch was wäre ein Buch mit fehlerfreiem Plan? Eben! So kam alles anders, als Bastian sich das ausgemalt hatte. Schreiben durfte er tatsächlich; nur nicht an seinem Buch.

Bastian war kürzlich süße 23 geworden, als seine ein Jahr jüngere Freundin Nina nach zweieinhalb Jahren Beziehung beschloss, dass der richtige Moment für die erste gemeinsame Bleibe gekommen ist. So suchten Ninas geschäftstüchtige Eltern eine *schicke und moderne Wohnung* für ihren *kleinen Engel* und ihren *etwas-anderen Partner* heraus, wie die beiden Bourgeoises das bei jeder Gelegenheit betonten. Bis heute - nach den ersten beiden Monaten - probiert Bastian sich an das Wohnen in der luxuriösen 4-Zimmer-Dachgeschosswohnung auf der fünften Etage des *Life*-Neubaus zu gewöhnen. Neben seinem geliebten alten Schreibtischstuhl aus früheren Tagen hatte beziehungsweise durfte Bastian nichts in die neue Wohnung mitnehmen. *Es war ja alles da*, pusteten Ninas Eltern immerzu im Chor. Während die eifrige Nina bereits eine klare Vorstellung von ihrem Leben hatte und direkt nach dem *nervigen* Abitur ihr Studium in Modedesign begann, war Bastian noch daran, an seinem Lebenslauf zu basteln. Nachdem er brav sein Abitur gemacht hat - um sich so lange wie möglich vor dem Moment des Festlegens und der Eindeutigkeit zu verstecken - tingelte er von kleineren Jobs zu Praktika oder kurzen

Sprachreisen und schmückte die Zwischenpausen mit abenteuerlichen Kreativphasen. Weil sich diese Kreativpausen bisher jedoch als eher dysfunktional entpuppten, waren sie bei Nina - und besonders bei ihren Eltern - nicht besonders beliebt. So wurde seine intelligente Freundin nur ungern auf den Berufsstatus ihres Partners angesprochen. Bastian selbst machte die Frage nach seiner Zukunft nie nervös. Mindestens dachte er das bis heute. Er hatte wieder einmal ein Praktikum angefangen, diesmal als Sozialpädagoge in einer Jugenddrogenberatungsstelle (*JuBe*), als sich eine neue kreative Phase anbahnte. Bastian bezifferte und verortete seine Phasen immer erst hinterher als jene oder solche und genoss währenddessen einen gewissen Flow-Status. Aber wer unter Ihnen bisher gut aufgepasst hat liebe Leser*innen, weiß natürlich, wie Bastians neuester Kreativplan aussah. Bevor ihn die rumpelnde Bahn jetzt zu der wöchentlichen Gruppenreflexion aller Praktikant*innen sozialer Einrichtungen des Kreises an die pädagogische Hochschule brachte, wurde an der vorletzten Haltestelle sein vorher hübsch-durchdachter Buch-Schreib-Plan durchkreuzt. Ein ihm wohlbekannter Typ stieg zu.

Erst beim näheren Hinsehen fiel Bastian auf, WER soeben frisch zugestiegen war. Er hoffte - oder gar betete - direkt, der freie Platz neben ihm hält Stand. Doch bevor er sich wegdrehen oder gar weglaufen konnte, ließ Manuel - natürlich, ohne zu fragen - sich neben ihm nieder und drückte ihn kumpelhaft: „Basti, mein Lieber, cool dich zu treffen!" Das traf auf Bastian nicht zu. „Wohin geht's?" eröffnete Manuel lässig-direkt. „Ja, welch ein *doofer* Zufall. Bin´ unterwegs in die pädagogische Hochschule, dort treffen sich alle Praktis einmal die Woche." antwortete Bastian und blickte sich schamvoll um. „Echt? Is' ja n' Ding, hab' gar nicht gemerkt, dass du freitags nicht kommst." konterte Manuel wie bei einer lockeren Ping-Pong-Runde. „Nicht?", Bastian versuchte sich kurz zu halten. Doch seine Enthaltsamkeit half nichts. Manuel, den Bastian bereits am ersten Tag seines Praktikums als Problemfall kennenlernte, ließ nicht locker. Kurz zur Biographie des Eindringlings: Manuels Vita verlief urtypisch für einen jungen Suchenden. Richtig gelesen, Suchender. *Suchender* war der Begriff für alle Jugendlichen der JuBe, die in den Drogen eine Art Heimat und Wohlgefühl suchten, dass ihnen das Leben nicht bieten konnte. Laut Monika, der Leiterin der JuBe klingt es deutlich positiver und menschlicher als Missbrauch oder ähnliche Stigmata. *Und mal ehrlich, sind wir nicht alle immer auf der Suche!?* Manuel jedenfalls war es. Schon lange. Nach der frühen unschönen Trennung seiner Eltern, die das Einzelkind mit zarten sechs Jahren miterleben musste und zu verantworten glaubte, wollten die Nachwehen der Trennungs-Krise nie aufhören und hüllten den eigentlich liebenswerten Kerl mit leidensvollen Symptomen aus: Unsicherheit, Wut, Zweifel, Misstrauen, Bindungsprobleme. So wollte er sich später ungern in den engen Rahmen der Schule pressen lassen und traf auf wenige Leute, die sich IHM und denen er SICH öffnete. Das Beziehungsverhältnis mit seiner alleinerziehenden cholerischen Mutter blieb wegen den anhaltenden Vorwürfen immer gebrochen. Sein Vater verschwand. Nachdem er sich unfreiwillig mit einiger Hilfe des Jugendamtes durch die Grundschule und die ersten Jahre der Hauptschule - oder Werkrealschule wie Manuels Berater*innen immer emphemisierend hervorhoben - kämpfte, betrat er mit 13 Jahren den JuBe-Club der Suchenden. Daran hat sich bis heute nichts geändert. Und ganz besonders heute - und zwar genau JETZT - empfand Manuel große Lust daran, mit Bastian zu plaudern und posaunte urplötzlich: „Basti, eigentlich sind wir beide uns voll ähnlich, du und ich, meinst nicht?" „Ähm ... ähnlich, wir ... wir Beide?" stotterte Bastian überrollt. „Klar man! Wir sind beide ähnlich groß, du bist auch so 1,80 rum oder? Haben beide braune Haare. Okay meine sind etwas länger als deine, aber hab auch keine verdammte Kohle für einen spießigen Friseur ... und wir sind beide super schlank. Aber was uns so richtig zu Brüdern macht Bruder: wir haben beide null Plan von unserem Leben!", pustete Manuel, tätschelte Bastian an der Schulter und lachte. Bastian dachte kurz, er habe sich verhört. Er drehte sich in Manuels Richtung und musterte den schmalen Jugendlichen. Der unbeliebteste Suchende, der weder einen Schulabschluss besaß noch die Perspektive denselben in nächster Zeit nachzuholen, wollte IHM etwas über SEIN Leben erzählen und belehren. Das saß. Es dauerte einen Moment, bis er sich wieder sammelte. Komischerweise lag eine nicht unangenehme Wärme in Manuels Nähe und Bastian musste zu seinem Unbehagen feststellen, dass der Kerl - mindestens teilweise - so irgendwie die Wahrheit sagte. Er war froh, dass Nina das ganze Intermezzo nicht mitbekam und versuchte seine Verlegenheit zu überspielen: „Wenn wir unsere Physiognomie - Bastian gefiel dieser geschwollene Begriff - betrachten, dann mag es sein, dass wir uns irgendwie ähneln. Und wahrscheinlich trifft das auf die Hälfte aller Typen hier in der Bahn zu. Aber wie kommst du darauf, dass ich keinen Plan von meinem Leben habe?" setzte er sich zur Wehr. „Hast du denn Einen?" bohrte Manuel frech. „Hast du vergessen, dass ich MITARBEITER bei der JuBe bin, kein PROBLEMKIND?" Manuel klang jetzt lauter. „Warte ma', du bist einfacher Prakti, oder nicht? Übrigens hab' ich keine Probleme." Kurzes Schweigen trat ein. „Lass uns am Montag weitersprechen, okay? Ich muss bei der nächsten Haltestelle raus," flüchtete Bastian erleichtert. „Das glaub ich nicht", konterte Manuel leichtfüßig. Amüsiert über die Empfindsamkeit seines irritierten Gegenübers, hielt er ihm einen Brief hin. „Hier, für dich." Ein kurzer ungläubig-durchbohrender Blick auf die Handschrift genügte Bastian, um zu wissen, WER den Brief geschrieben hat. Die Bahn hielt und holperte wieder los - Manuel UND Bastian verharrten weiter an Board.

II

Bastian, mein feiner Bastian,

wenn du meinen Brief liest, wirst du lesen und lesen und wirst dich fragen: „Passiert das gerade wirklich?" Und das ist normal. Denn wenige Dinge passieren wahrhaftig, wenn wir sie das erste Mal erleben. Das macht das Leben so spannend! Und trotzdem möchte ich, dass du liest und liest und nicht aufhörst, bevor du meinen Brief ganz durchgelesen hast. Les' nur, feiner Bastian. Les'. Und du wirst merken: das Lesen macht meinen Brief lebendig.

Und so möchte ich anfangen: Ich sitze auf einer wunderschönen Terrasse. Blumen blühen und mir ist warm. Ich mag die Wärme. Meine

Brille brauche ich nicht mehr. Der Nebel ist weg. Drinnen läuft Musik. Wenn ich möchte, lausche ich dem schönen Klang. Manchmal möchte ich. Ein leeres Blatt Papier liegt auf dem süßen kleinen Tisch vor mir und jetzt beuge ich mich darüber. Bastian, mein feiner Bastian. Ein halbes Jahr bin ich jetzt weg. Was am 22. Februar passiert ist, ist wahr. Und bleibt wahr. Heute ist der 22. August und ich schreibe dir einen Brief. Les' nur.

Neustart. Das triffts, mein feiner Bastian. Was am 22. Februar passiert ist, war ein Neustart. Mein Neustart. Ich bin weggegangen, um zurückzufinden. Denn gelebt habe ich auch lange vorher nicht mehr. Du weißt Bastian, wie blass ich bereits vor meinem Verschwinden umhergewandelt bin. Ich ging als müder Geist, der längst vergessen hat, wie schön es ist, sich herumzutreiben. Du weißt es, Bastian. Wer sonst? Niemand. Leere hält dich fest. Alles wird neblig und trüb. Ich habe dir davon erzählt, mein feiner Bastian. Und du hast es immer geschafft, meine Leere für einen kurzen Moment aufzuhellen. Unsere Treffen waren lange mein einziger Halt. Du warst und bist mein Lichtblick. Und nichts tat mehr weh und ließ mich länger hadern, als die vorübergehende Trennung von dir. Aber leider musste ich auch dich verlassen. Ich musste meine Heimat aufgeben, um mein Inneres zurückzuerlangen und wieder laufen zu lernen. Bis heute. Heute ist der 22. August und ich schreibe dir einen Brief. Les' nur.

Ich lebe. Ja, mein feiner Bastian. Ich lebe. Oder besser gesagt: ich habe wieder begonnen zu leben. Unmöglich? Das dachte ich auch mein feiner Bastian. Ich bin schon so lange im Dunkeln herumgelaufen, dass ich mich nicht mehr herausgetraut habe. Doch auf einmal wurde mein müder Geist aus der Ferne angelächelt - so sanft angelächelt, dass er plötzlich auflachte. Erstmal nur für einen kurzen Moment. Aber der Moment berührte etwas in mir, dass mir von innen heraus bekannt war. Etwas, dass lange geschlafen hatte und auf einmal aufleuchtete. Etwas, dass DU in mir bewahrt hast, mein feiner Bastian. Etwas, dass mich an früher erinnerte, als ich noch viel und gerne und immerzu gelacht habe. Und auf einmal habe ich mich wieder herausgetraut ins Freie.

Du hast mich als kleiner Junge mal gefragt, warum Schmetterlinge bunt sind. Erinnerst du dich? Damals hielt ich deine Frage für ein naturwissenschaftliches oder wissenschaftliches Problem und konnte dir nicht weiterhelfen. Heute denke ich, du hast damals nicht ernsthaft nach der Farbentstehung durch Lichtreflexe der winzigen Schuppenhäärchen auf beiden Seiten der vier Flügel des wunderschönen Flattertieres gefragt. Nein. Ich glaube, es war eher eine spirituelle Frage. Und die Antwort ist: Schmetterlinge sind bunt, weil wir sie so lieben. Wir lieben bunte Schmetterlinge. Und deshalb nennen wir sie bunt. Und deshalb malen wir sie bunt. Und umso mehr wir malen, umso bunter wird unser Schmetterling. Wie ein Regenbogen. Die Frage ist, mein feiner Bastian, welche Farben und Töne und Lichter wir uns aussuchen. Das ist unsere Wahl. Und du weißt: mein inneres Licht leuchtete lange nicht mehr hell und grell und bunt. Und so wie man sich an Dunkelheit gewöhnt, gewöhnt man sich an Langsamkeit und Müdigkeit. Man tastet sich durch ein gedimmtes Dasein und gibt sich der Langeweile hin. Hier und da blüht man kurz auf und knippst für einen kurzen Moment das Licht an. Doch lange hält der Akku die Buntheit nicht aus. Erst kommt Schwarzweiß, dann Leere. Und dann? Dann kommt alles anders, mein feiner Bastian. Dann kam plötzlich eine alte Frage wieder hoch und legte deinen alten Kinder-Malkasten auf meinen Schoß. Und ich habe ein Glas Wasser und Pinsel geholt, die buntesten und schönsten Farben ausgewählt und meinen Schmetterling ganz neu ausgemalt. In Regenbogenfarben. Wenn du magst, zeige ich ihn dir. Möchtest du vorbeikommen?

Drinnen läuft wunderbare Musik. Hörst du sie? Jetzt lege ich meinen Stift hin, feiner Bastian. Ich höre auf zu Schreiben. Doch die Musik hört nicht auf. Meine Lebenslust hört nicht auf. Ich lausche in die Ferne und probiere DICH zu hören. Schreib' mir bitte, feiner Bastian. Schreib' und vertraue. Manuel ist ein feiner Kerl. Vertraue, mein Bastian. Wenn du schreibst, wirst du verstehen. Und ich möchte dir so gerne alles erzählen und erklären. Bitte schreib', feiner Bastian.

In Liebe,

Deine Oma Margarethe.

III

Unmöglich. Einfach Unmöglich! Bastian hing in einer Dauerschleife fest. Bewegungslos. Paralysiert. Weggeträumt. *Manuel - Brief - Oma*

- Manuel - Brief - Oma - Manuel - Brief - Oma … Alles hielt an. Bastian saß in einer überdimensionalen Baby-Krippe in einem leeren abgedunkelten Raum und hielt einen Wachschlaf. Über ihm blinkten die Worte *Manuel - Brief - Oma* wie bei einer Leuchtreklame immer wieder auf. Es war, als hätte irgendjemand den Pausenknopf gedrückt. Unmöglich! Plötzlich begann die Krippe zu schaukeln. Erst leicht, dann immer fester. Und die Worte über ihm drehten sich immer schneller und schneller. Jetzt hörte Bastian irgendwen nach ihm rufen. *Bastian. Bastian. Hallo, Bastian.* Es klang wie ein helles Flüstern. Langsam legte sich das Schaukeln und Bastian bemerkte, dass der komplette Raum in Bewegung war. Er fuhr. Er saß in einer Bahn. Und er war nicht allein. Wie beim Aufwachen aus einem Narkoseschlaf schälte sich Bastian allmählich in die Gegenwart zurück. *Manuel - Brief -* „OMA!!", hauchte er vor sich hin. Zögerlich schielte Bastian auf seine Hände und stellte fest, dass sie zitterten und etwas festhielten. Es war wahr. Zwischen seinen Fingern klemmte ein Brief. Ein Brief seiner vermissten und totgeglaubten Oma. *Schreib' und vertraue. Manuel ist ein feiner Kerl.* „MANUEL!!"

Schock-Moment. Manuel war weg. WEG. Aber Bastian war nicht allein. Neben ihm saß ein kleines junges Mädchen und grinste ihn an. „Bist du Bastian? Hier, für dich." Sie legte ihm einen gefalteten Zettel auf den Schoß. „Hab' ich von dem Jungen bekommen, der hier saß. Manuel heißt er also. Er musste los. Soll' ich dir geben", plauderte sie munter heraus. „Hab's nicht gelesen. Versprochen!", ergänzte sie mit ehrlichem und leicht-schüchternem Blick. Bastian stand noch immer neben sich und hob den Zettel mechanistisch auf. „Danke", brachte er nach kleiner Pause zaghaft heraus. „Gern." Luisa - so hieß das kleine Mädchen - lächelte zufrieden. „Hat er dir, ich meine Manuel, hat er dir irgend-etwas erzählt?", fragte Bastian holprig. „Nein. Nur dass er bald raus muss und dir noch etwas mitteilen will. Er hat gesagt du heißt Bastian und du bist so müde und er möchte dich nicht wecken. Deshalb hat er alles auf den Zettel geschrieben und mich gefragt, wo ich hinfahre und ob ich dir den Zettel geben kann. Und dann hat er mir noch 50 Cents für ein Eis gegeben", berichtete Luisa stolz. „Okay. Danke nochmal. Danke ... ähm wie heißt du eigentlich?" „Ich heiße Luisa. Und ich muss jetzt hier auch aussteigen. Tschüss Bastian." Luisa hüpfte auf und lief zur Tür. Dort winkte sie Bastian nochmal lächelnd zu. Die Bahn hielt und Luisa und ein paar andere Fahrgäste huschten hinaus. Beim Losruckeln der Bahn blieb Bastians Blick an einem der Monitore hängen, die ihm die Uhrzeit verrieten: 11:04. Das traf. Über zwei Stunden saß er mittlerweile auf seinem Platz und tuckerte die Linie 2 rauf- und runter. Gelesen hat er währenddessen auch rauf- und runter. Den Brief seiner Oma. Langsam löste er sich aus seiner Schockstarre und öffnete den Zettel: *Komm' morgen früh um 11 zum Europabrunnen. Schreib' auf, was du Margarethe fragen möchtest. Sie möchte, dass du alles aufschreibst. Sprech' mit Niemandem. Bitte. Denk' an Margarethe. P.S. Weiß, krasse Sache, ne?*

IIII

22. Februar. Ein frostiger Tag. Temperaturen streicheln den Nullpunkt. Draußen herrscht ekelhaftes Kuschelwetter - frisch und nass und neblig. Die Welt lädt ein, leckeren Tee aufzubrühen und sich

Drinnen im Warmen niederzulassen. Doch Margarethe hat andere Pläne. Ganz besondere Pläne. Etwas nervös - oder gespannt? - kämmt sich die 78-jährige Dame ihre lockig-weißen Haare und mustert sich minutiös im Spiegel. Heute wollte sie wieder hübsch aussehen. Es war lange her, dass Margarethe sich für ihre reife Schönheit Zeit nahm und dass sie sich selbst pflegte. Bevor ihr geliebter Gatte sie vor 4 Jahren verließ - Margarethe empfand Huberts natürlichen Tod als Verlassen-Werden - liebte sie ihr morgendliches Beauty-Ritual: samtige Haarpflege, Eincremen der feinen Haut um die Augen, Wangen-Massage mit Feuchttüchern und Auftragen des apricot-farbenen Lippenstifts. Nähere und besonders fernere Bekannte hätten Margarethe möglicherweise als eitel beschrieben. Margarethe selbst bereitete es einfach Freude, sich gepflegt zu fühlen und sich hübsch zu machen - Innen und außen. Doch dieses natürliche Gefühl lag mittlerweile 4 Jahre zurück. Erst kam die Trauer, dann die Wut, dann die Gleichgültigkeit. Letzteres wollte Margarethe nicht mehr loslassen. So trennte sie sich nach und nach von ihrer uneitlen Eitelkeit und allen anderen erhellenden Momenten, bis sie schließlich aufhörte, das neue ergraute Abbild ihrer Selbst wiederzuerkennen. Und beinahe hätte sie ihre frühere Lebenslust gänzlich aufgegeben und vergessen. Glücklicherweise nur BEINAHE. So katapultierte der Zufall - oder das Schicksal? - Margarethe aus ihrer Lethargie heraus und bot ihr ein attraktives Angebot an. Margarethe nahm an. Und heute, am 22. Februar, handeln Zufall und Schicksal einen ungewöhnlichen Deal aus: Margarethes Neustart.

Durch das Läuten der Klingel wurde die revitalisierte Margarethe aus ihrer Kosmetik-Nostalgie zurückgeholt. Die Penetranz des Klingelns verriet ihren Besucher und ließ ihren Puls hochjucken. Noch ein letztes Frisieren und Zurechtzupfen, tief durchatmen und dann hieß es: möge die Show beginnen. Halt! So einfach war es dann doch nicht. Der Plan stand. Alles war vorbereitet. Margarethe war vorbereitet. Doch nach über 40 Jahren das lange-geliebte Nest so mirnichts-dir-nichts aufzugeben traf urplötzlich wie ein Hammer. Margarethe tastete sich nochmal durch alle Räume und hielt im Schlafzimmer inne. Dort saß Hubert - jung und hübsch - auf der Bettkante und lächelte sie an. Sein Schlafplatz war frisch zubereitet. Er lächelte. Margarethe weinte. Endlich durfte sie wieder weinen. „Du bist frei.", flüsterte Hubert wonnevoll. Dann legte er sich hin. Margarethe weinte. Und lächelte. „Schlaf schön.", flüsterte sie nach kurzer Ewigkeit zurück und wusste: es war richtig! Dann klingelte es wieder. Sie zog ihren eleganten olivgrünen Mantel an und schwang sich ihre altmodische Tasche um - woher nahm sie auf einmal die Energie? - dann trabte sie aus der Wohnungstür.

Normalerweise behält Manuel positive Gefühle eher für sich. Normalerweise lässt er sich nicht nervös machen oder hat gelernt, Nervosität und echte Gefühle mit Lässigkeit zu überspielen. Normalerweise. Doch der 22. Februar war eben kein normaler Tag. Und so konnte sich Manuel bei aller Anstrengung ein spontanes „Du siehst ... echt ... gut aus!" nicht verkneifen. Margarethe lief gerade die Treppe hinunter und Manuel passte sie wie immer im Eingangsbereich des Wohnhauses ab. Während er normalerweise auf der letzten Stufe sitzt und wartet, ging er heute hippelig auf- und ab. Bei Margarethes schwungvollen Erscheinen wurde Manuel selbst von seiner Gefühlsduselei überrascht. „Kleiner Charmeur!", antwortete die lächelnde Margarethe geschmeichelt. „Hey, heut lassen wir dich abtauchen", probierte er seine Lockerheit wiederherzustellen. „Abtauchen?!", wiederholte Margarethe entschlossen unentschlossen. Manuel spürte ihren Trennungsschmerz. „Sorry, war blöd. Ist sicher nicht leicht hier rauszulaufen und einfach so ... ähm ... naja ... woanders zu leben." Kurzes Schweigen legte sich. „Und glaub mir, ich bin auch so irgendwie ein kleines bisschen ... also so ... ich meine ganz leicht ... nervös." Margarethe musste schmunzeln. „Aber, hey, du hast mir beigebracht, dass das Leben schön ist. Und du hast voll recht. Ja! Da draußen ist es hammer schön. Also lass uns Rausgehen!", tönte er aufmunterungsvoll. Margarethe glaubte Manuel. Margarethe glaubte AN Manuel. Ihr Blick fing den jungen schlanken Kerl ein und nahm einmal mehr die Mischung aus Kraft und Feinheit wahr die in ihm lag. Sie mochte seinen jugendlichen Eifer und ließ sich gerne von ihm anstecken. *Du bist frei*, schoss ihr Huberts imaginär-halluzinogener Zuspruch durch den Kopf und ihr Freiheitsdrang breitete sich erneut rasch bis in alle Poren aus. Margarethe atmete tief durch. „Na dann los. Lassen wir mich abtauchen!"

Ein Buch schreiben hat viel mit Timing zu tun. Wann ist der richtige Moment für den nächsten Schritt? Biete ich Details oder bloße Anspielungen? Mehr komisches oder mehr tragisches? Was passiert davor und was danach? Muss es immer logisch sein? Wie auch immer: mein Gefühl und hoffentlich auch Ihr Gefühl liebe Leser*Innen verrät mir, dass es JETZT passen würde, Margarethes und Manuels verrückten Plan mal vorzustellen. Oder wollt ihr doch lieber erst die Kennenlerngeschichte der Beiden hören? Oder was ganz anderes? Naja, ich schreibe mal weiter. Bin selbst gespannt.

Erst hörte sich alles irgendwie blödsinnig und komisch für Margarethe an. Eine ewig-trauernde Omi und ein unbeliebter Teenie tüfteln den perfekten Plan aus? Hmmh? Aber eigentlich hatten sie ja nix zu verlieren. Also irgendwie lagen doch gute Voraussetzungen vor. Denn was ist schlimmer als *extrem unglücklich*? Eben! Und so drehte sich das Bild beim näheren Hinsehen von „blödsinnig und komisch" nach und nach zu „meinst du wirklich?" Manuel mochte Margarethe *voll* gerne. Und der feine Kerl in ihm hatte früh nach ihrer Bekanntschaft registriert, dass die nette alte Dame *voll Depri* ist. Daran wollte er zu gerne etwas ändern. So fing er nach einer Weile an, jedes Mal, wenn die Beiden sich trafen, Margarethe mit wilden Ideen zu bombardieren: „Lass uns n' Tanzkurs machen!"; „Lass uns ne' WG aufmachen! Können ja noch Bastian fragen. Ich putz' auch. Versprochen!! Achso, WG bedeutet das verschiedene Leute wie 'ne Art Familie zusammenwohnen."; „Bist du schon mal irgendwohin getrampt? Komm' lass uns einfach wegfahren und irgendwo anders neu anfangen!" „Soll ich dir Skateboarden beibringen? Mach ich gern!" „Komm' wir gehen shoppen!" Margarethe hörte sich Manuels lustige Ideen gerne an und musste jedes Mal lachen. Es war fast schon ein kleines Ritual geworden. Sie tranken Tee und Manuel philosophierte. Nie sprachen sie länger oder konkreter über einen Vorschlag. Doch eine Idee - „Lass' uns wegfahren und irgendwo anders neu anfangen!" - suchte Margarethe auf einmal nachts in ihren Träumen heim. Immer öfter passierte es, dass sie schlief und auflebte. Immer öfter freute sie sich aufs Schlafen und Träumen. Da saß sie dann in einer heulenden Dampflock und durchquerte Europa, segelte durchs Polarmeer oder beobachtete und fotografierte exotische Tiere aus nächster Nähe - natürlich analog. Alles Bilder von denen Margarethe früher viel in Büchern las. Lange hörte sich alles irgendwie blödsinnig und komisch an. Doch Margarethe fiel auf, dass weniger Manuels Ideen, als eher ihr momentanes Dasein fremd und komisch waren. Und war es nicht sie, die früher immer vom Träumen und Aufbegehren sprach und heute Manuel und ihrem feinen Bastian von Selbst-Glaube und positivem Denken predigt? Wo war das Kind in ihr hin? Wo die Revoluzzerin? Wo der Traum von einer bunten Welt und nicht-nur-einem Gott? Manuel hatte irgendwie recht!! Und als sie das nächste Mal gemeinsam Tee tranken und Manuel gerade loslegen wollte, seine neuesten Ideen filmreif vorzutragen, fragte Margarethe frech: „Meinst du wirklich?"

Margarethe war lange nur noch früh morgens oder spät abends herumgelaufen. Häufig auch nachts. Sie wollte - oder konnte? - irgendwie keinem Menschen mehr richtig begegnen. Leute aus der Nachbarschaft - mit denen sie früher gerne tratschte - vernahmen und bedauerten ihr Fehlen, wollten ihr aber Raum lassen, zu trauern. Nach und nach begann die Außenwelt sich an Margarethes Allein-Sein-

Wollen zu gewöhnen und so klangen die anfänglichen Annähe-
rungsversuche oder kurzen Teebesuche langsam ab. Manchmal passierte es, dass Bastian wochenlang ihr einziger und willkommener
Besucher war. Wie sah Margarethes Verhältnis zu ihrer Tochter E-
mely - Bastians Mutter - aus? Bekam sie auch keine Besuche mehr
von ihr? Das ist eine gute Frage liebe Leser*innen. Eigentlich pfleg-
ten Mutter und Tochter eine sehr enge und offene Beziehung. Die
Beiden konnten immer über alles sprechen - tabulos. Emely liebte
die Leichtigkeit ihrer Mutter. Nicht zuletzt deshalb orientierte sich
Bastians Mutter in erziehungstechnischen Fragen häufig an ihrem
weiblichen Vorbild - was Bastian übrigens zugutekam. Wo lag also
das Problem? Das Problem lag tatsächlich in dem kleinen und irgendwie bescheuerten Wort *eigentlich*. Denn *eigentlich* war alles
okay. Doch Huberts Tod hatte die Mutter-Tochter-Beziehung verändert. Denn so wie Margarethes Welt damals aufhörte zu blühen,
stürzte Emely in tiefe Trauer über den Verlust ihres Vaters und war
lange mit sich selbst beschäftigt. Merkwürdigerweise konnte niemand der jeweils anderen helfen. Beide bevorzugten das Allein-
Sein. So entfremdeten sich Mutter und Tochter immer mehr und das
erste halbe Jahr nach Huberts Beerdigung trottete vorbei, ohne dass
die beiden Frauen viel miteinander sprachen. Irgendwann begann
Emily ihre Trauerzeit zu überwinden und die Nähe ihrer Mutter zu
vermissen. Gerne hätte sie sich mit ihr ausgesprochen. Doch tragi-
scherweise hatte Margarethe sich inzwischen aus dem Leben zurückgezogen und die frühere Natürlichkeit der Mutter-Tochter-Har-
monie war irgendwie abgebrochen. So als wenn zwei Musikerinnen
auf merkwürdige Weise ihren gemeinsamen Rhythmus und Groove

verloren. Emily probierte immer wieder, Margarethe zu verstehen und die beiden trafen sich auch gelegentlich. Doch ähnlich wie die Tratsch-Familie aus der Nachbarschaft, musste Emily lernen und akzeptieren, dass ihre Mutter sich von sich selbst und anderen Menschen abgelöst hatte. Wenn sie heute sporadisch oder eher zufällig miteinander sprachen, gab es immer noch Momente von Offenheit und Verbundenheit. Momente von ist-doch-alles-gefühlt-okay-und-so-wie-früher. Doch es war halt nur *eigentlich* alles in Ordnung. Und mehr als ein künstliches *eigentlich* konnte und wollte Margarethe nicht mehr aufbringen und zulassen. Emily hielt die Veränderung und emotionale Selbst-Mumifizierung nicht länger aus und zog es fortan vor, ihre Mutter lieber seltener, als so distanziert und deprimiert anzutreffen. Derweil wandte sie sich umso mehr ihrer eigenen kleinen Familie zu und war froh, dass es ihrem *wundervollen* Sohn Bastian gelang, die Beziehung zu seiner heiß-geliebten Oma aufrechtzuerhalten. Kurzum: Margarethe hatte sich in ihrer Wohnung verschanzt. Daher dürfte es eine ganze Weile dauern, bis irgendjemand mitbekommen würde, dass sie nicht bloß abgekapselt daheimsaß, sondern richtig WEG war. Diese einsame Tatsache wollten Margarethe und Manuel ausnutzen, als sie in diesem Moment, am 22. Februar um ungefähr 6:45 Uhr, gespannt das Wohnhaus verließen und ihren ungewöhnlichen Plan starteten.

—

Wo sollte sie denn wohnen? Wäre es nur für eine Weile oder wirklich für immer? Was wollte und würde sie alles mitnehmen? Wer würde alles nach ihr suchen? - *Bastian natürlich!* Und wo? Was, wenn sie sie finden? Hielt sie das lange aus? Was es hieß, wenn Träumerei

- *lass uns einfach wegfahren und irgendwo anders neu anfangen!* - von Ernsthaftigkeit bestrahlt wird, durften (oder mussten?) Margarethe und Manuel unvorbereiteterweise erfahren. „Meinst du wirklich?", hatte Margarethe wie gesagt während Manuels üblichen Showeinlagen gefragt. „Na klar!!", hieß Manuels lässige Antwort. „Wie lange brauchst du, um dich fertig zu machen?", legte er nach. „Du meinst, jetzt sofort?", fragte Margarethe kurz irritiert. „Klar! Mach hinne!" konterte ihr *Lausbub*. Pause trat ein. Dann verstand Margarethe und lachte. „Du bist ja flott. Aber hast recht - warum lange warten?", pustete sie jetzt gewitzt zurück. „Dann warte kurz 5min. Ich hol' ein paar Sachen, dann geht's los!" Manuel liebte es, wenn Margarethe auf seine Blödeleien einging. Margarethe liebte es, mitzuspielen und die Spinnerei auf die Spitze zu treiben. Beide mussten lachen. Und so lachten und witzelten sie noch einige Treffen lang. Doch irgendwann fiel ihnen deutlich auf, dass sie das eigentliche Thema vor sich herschoben und vertrösteten. Irgendetwas sollte doch passieren. Was also hieß es, wegzufahren und woanders neu zu starten? Margarethe und Manuel wollten es jetzt herausfinden. Sie legten das Blödel-Kostüm langsam ab und begannen, ernsthaft zu diskutieren und zu planen. Und während sie verschiedene Möglichkeiten und Ideen ausloteten - Manuel brachte Margarethe bei, das hieße *Brainstorming* - landeten sie früher oder später immer wieder bei derselben Frage: Verstecken oder woanders *normal* und neu anfangen? Egal, ob sie das Land verließe oder auf mysteriöse Weise eine neue Identität vortäuschte oder im Vorhinein noch mehr Leute einweihte - Margarethe musste sich entscheiden: Entweder in einem Versteck untertauchen oder unter neuen fremden Leuten leben. Beides klang über- beziehungsweise herausfordernd - je nach Blickwinkel. Margarethe war sich ihres Befindens noch unschlüssig. Wenngleich ihr momentanes Leben und ein Leben in Versticktheit sich irgendwie ähnelten. Aber wo sollte dieses Versteck dann liegen? Und in welchem Land bitte sehr? „Früher hab' ich mal richtig gut Französisch gesprochen. *Oui, Monsieur. J'aime bien le vin rouge que voux me proposer,* träumte Margarethe. "Das war natürlich lange vor deiner Zeit, mein Junge. Jetzt sprech' ich nur noch ein paar Brocken," ergänzte sie wehmütig. „Ich hab' auch mal Französisch gelernt. Also halt in der Schule ... bevor ich ... naja ... hingeschm ... ich mein aufgehört hab'. Aber hab alles vergessen ... wir hatten so 'ne Nervensäge als Lehrerin ... war echt be ... naja bescheuert eben," resümierte Manuel. „Das ist aber schade! Sehr schade! Ich habe Frankreich geliebt. Hubert und ich waren oft am Mittelmeer unterwegs ... leckeres Essen, bunte Blumen ... *Savoir-Vivre,* mein Junge!" berichtete Margarethe. „Klingt fett!" japste Manuel. „Nicht doch, mein Junge. Hubert und ich waren jung und schlank ..." empörte sich die Altrebellin. „Sorry, ne ... nicht fett wie dick ... sondern fett wie cool ... ich meine schön ... also toll halt ... sagt man so unter Jugendlichen." beschwichtigte der Jungrebell. „So? Ich lern' immer wieder was Neues von dir." Nach kurzer Denkpause: „Und wo lassen wir dich jetzt abtauchen?," holte Manuel sich und seine Wahl-Omi wieder auf den Boden der Tatsachen zurück. „Gute Frage, mein Junge. Gute Frage."

V

Wenn man das Leben anlächelt, lächelt es manchmal auf wundersame Weise zurück. Margarethe hatte ihr natürliches Lachen wiedergefunden. Dank der unkonventionellen Begegnung mit Manuel. Und irgendwie hatte das Leben ihre Veränderung mitbekommen und kreuzte heute in ihrer Wohnung auf. Denn als Margarethe beim Frühstück ihre Kleinlieferung an Post durchschaute und schon im Begriff war den üblichen Haufen aus Versicherungskram und Werbung direkt in den Müll zu werfen, fiel ihr plötzlich ein ungewöhnlicher Brief in den Schoß. Irritiert betrachtete Margarethe das edle Kuvert und musste ungläubig auflachen. Absender: *Ludovique Monet*. Der bloße Name projizierte bunte Bilder in ihrem Kopf. Bilder einer wunderbaren Vergangenheit. „Ludovique, le vagabond," japste Margarethe trancehaft vor sich hin. Ludovique hatte nicht den gesamten Inhalt des Schreibens selbst verfasst. Der Brief wurde in seinem Namen an Hubert und Margarethe versandt. „Gütiger Gott, so lange ist das jetzt her ... nicht einmal Huberts Tod hat er mitbekommen ..." resümierte Margarethe. Heute überbrachte Ludovique Hubert und Margarethe ein vergessenes Lebewohl. Offizieller Absender des Schreibens war das Nachlassgericht von Ludoviques letztem Wohnsitz in Süd-Frankreich und Grund der Korrespondenz war die Information über das Zuteilwerden eines besonderen Erbes.

Margarethe fand sich sprachlos und hoch emotionalisiert in ihrem alten Couch-Sessel wieder. Sie hatte gerade den offiziellen Teil des Nachlassbriefes durchgelesen und war offensichtlich von der Küche hierhergetaumelt. Ein größeres Wechselbad an Gefühlen konnte sich die alte Freundin kaum vorstellen. Wenn auch ihr Kontakt vor sehr langer Zeit abgebrochen war, verletzte und berührte sie die unerwartete und traurige Nachricht von Ludoviques Tod sehr. Einmal geliebte Menschen - egal ob freundschaftlich oder erotisch - lassen uns wohl nie los. Das traf auf Ludovique absolut zu. „Jetzt seid ihr Beiden also wieder vereint," schluchzte Margarethe herzklopfend und dachte an Hubert und seinen musikalischen *Blues-Brother*. Wer war Ludovique Monet, mögen Sie sich jetzt fragen liebe Leser*innen. Ich will es Ihnen erzählen: Hubert, Ludovique und Margarethe führten zu wilden Jugendzeiten eine Quasi-Dreiecksbeziehung. Oder genauer gesagt: Margarethe war Hubert und Ludoviques größter Fan. Und Hubert und Ludovique waren dickste Freunde. Was alle Drei miteinander verband war ihre große Liebe zur Jazz-Musik. Und so traf es sich, dass das bekannte Jazz-Duo *The Funky Vagabonds* tatsächlich einmal in Margarethes Heimathafen spielte. Das durfte die damals 20-jährige und emanzipatorisch-tickende Schriftsteller-Anwärterin natürlich nicht verpassen. Denn der Band-Name war Programm: Die *Vagabonds* tourten quer durch Europa - von Ludoviques Geburtsort bei Marseille bis zur Balkanhalbinsel - und hielten und spielten, wo immer Leute ihre Gute-Laune-Musik hören wollten. Mal allein, mal mit anderen Musiker*innen; mal vor ein paar wenigen Leuten in einem kleinen Hinterhof, mal vor einer jubelnden und tanzenden Meute in renommierten Jazz-Clubs. Immer dabei fortan: Margarethe. Der Konzert-Besuch sollte ihr Leben nachhaltig verändern. Denn kaum hatte sie das Lokal betreten, verliebte sich die junge Dame Hals über Kopf in die beiden lebensbejahenden Wander-Musiker und folgte ihnen von nun an überall hin. Hubert und

Ludovique liebten Margarethe direkt zurück und nahmen sie freudvoll auf ihre spontane Lebens-Liebes-Tour mit. Während die beiden Kumpels musizierten, dokumentierte Margarethe ihre lustigsten Erlebnisse in Tagebuchform auf. Vielleicht ließen sich die wilden Anekdoten ja irgendwann als humorvoller Bestseller verkaufen. Die junge Hobby-Journalistin entpuppte sich überdies als kluge Band-Managerin. So tingelten die drei jungen *Alternativos* munter durch die Lande, lebten von Liebe und Musik, kleiner Berühmtheit und großer Flexibilität und blendeten alle Gedanken an ihre *ferne* Zukunft aus. Freiheit pur. Offenheit pur. Mindestens für den Moment. Und das war alles, was zählte. Und dann. Dann wurde Margarethe schwanger. Hubert war der Vater. Und so unmittelbar und sorglos wie ihr offenes Musikerleben begonnen hatte, so schlagartig und ungewollt sollte es jetzt enden. Denn kurz nach der Hiobsbotschaft der Schwangerschaft verschwand Ludovique. Und die werdenden Eltern waren selbst zu beschäftigt und überfordert mit der neuen Situation, um lange nach ihrem vermissten Freund zu suchen. Sie zogen heimwärts und entschieden sich für ein neues häusliches Familienleben. Später haben Margarethe und Hubert immer wieder probiert Ludovique aufzuspüren und zu kontaktieren. Vergebens. Ihre vielen Briefe und Versuche blieben unbeantwortet. Bis heute. Trotzdem blieb immer ein Gefühl ewiger Verbundenheit und leiser Hoffnung auf ein fernes Wiedersehen. Vielleicht hatte es die Beiden früher deshalb so häufig nach Frankreich gezogen, weil sie sich ihrem alten Freund auf diese Weise irgendwie nahe fühlten. „Typisch Ludovique," witzelte Margarethe noch immer gedankenverloren im-Sessel-haftend. „Un vagabond de tout le temps." Ludoviques Nachlass in ihren Händen zu halten fühlte sich auf eine merkwürdige Weise warm an. Beim Lesen empfand Margarethe gleichzeitig Trauer und Trost. Ersteres über die plötzliche Gewissheit des Nie-mehr-Wiedersehens und Nie-mehr-Wiederkehrens ihres alten Jugendfreundes. Letzteres über die Tatsache, dass Ludovique seine früheren Weggefährten und ihre Freundschaft nie vergessen hatte. Ein Gefühl von so-schließt-sich-der-Kreis mischte sich in die Tragik des endgültigen und absoluten Abschieds.

Es dauerte lange, bis Margarethe in die Normalität zurückfand und die komplette Tragweite des Formulars verstand. Ludovique Monet hatte sie und Hubert als Allein-Erben seines letzten Wunsches ausgewählt: Die Überschreibung seines kleines Ferienhauses an der Côte d'Azur. Und die beiliegenden Fotografien verrieten Margarethe, dass es sich nicht um irgendein Ferienhaus handelte. Hubert bescherte seine früheren Weggefährten ihr einstmaliges gemeinsames Liebesnest. Hier verbrachten die drei Sound-Verliebten ihren ersten rauschhaften Tour-Sommer. Und hierhin hatte sich Ludovique offensichtlich zurückgezogen, um Frieden zu finden nach all den Jahren des Unterwegs-Seins. Ihr geliebter Freund hatte sein Nomaden-Dasein nie aufgegeben. Sein Brief verriet, dass er in sechs verschiedenen Ländern gelebt hat. Dabei flüchtigere und festere Partnerschaften ausprobierte. Alles ohne je seine Musiker-Vergangenheit zu vergessen. Dann drehte sich sein Rhythmus. Er erfuhr von einem unheilbaren Darm. Krebs. Punkt. Stopp. Okay. Weiter. Statt in Traurigkeit und Lebensmüdigkeit abzustürzen, entschied

Ludovique heimzukehren. Er beschloss, seine letzten Monate friedlich auszuträumen. Endlich die Lautstärke herunterdrehen. Die harte Botschaft seiner harten Krankheit erweichte Ludoviques Seele und ermöglichte einen Befreiungsschlag seiner dauernden Rastlosigkeit. *J'étais libre, à la fin.* Tränen tropften auf den Brief in Margarethes Schoß. Obwohl auf Französisch geschrieben, verstand sie Ludoviques zugehauchten Worte mühelos. Wie eine natürliche Melodie. Warum er einfach so verschwand? Warum er sich nie wieder meldete? Er konnte einfach nichts anders. Damals. Er war zu jung und zu dumm, um zu verzeihen. *A un moment il était trop tard.* Irgendetwas hielt ihn zurück. Vielleicht war er auch zu schwach. Oder zu feige. Oder beides. Vergessen habe er seine *âme soeur* jedenfalls nie. Das Ferienhaus begriff er als letzten Gruß. *Tout aimer, Ludovique.*

Wenn MENSCH das Leben anlächelt, lächelt es manchmal auf wundersame Weise zurück. Was Margarethe heute erlebte, war wirklich wundersam. Es wirkte, als ob sich Vergangenheit, Gegenwart und Zukunft für einen Moment auflösten und verschmolzen. Eins waren. Einig waren. Versöhnung und Hoffnung klopften bei ihr an. Und als die emotionalisierte Dame jetzt durch das Läuten des Telefons aus ihrer Sessel-Lese-Traum-Starre herausgeklingelt wurde, hatte sie die Antwort auf folgende Frage klar vor Augen: „Wo sollte sie denn wohnen und untertauchen?"

VI

Frisch geduscht lag Bastian auf der Couch bei seinen Eltern und probierte sich irgendwie zu sammeln. Er war noch eine ganze Weile emotionalisiert in der Bahn umhergefahren, bis er sich irgendwann aufraffen konnte, heimzutorkeln. Daheim hielt er es nicht lange aus - lag das wieder mal an der *überspießigen* Wohnung oder an seinem aktuellen Zustand? So oder so. Bastian zog es nach Draußen. *Doch wohin?* Er wirbelte heillos durch Küche und Bad und kam plötzlich auf die Idee, seine fast-ungebrauchten Laufschuhe herauszukramen. Die teuren Treter hatte er sich in Anbahnung einer sportlichen Kreativphase vor einem halben Jahr besorgt, um kurz darauf seine damalige Marathonidee relativ zügig wieder aufzugeben. Wahrscheinlich haben die Schuhe nur darauf gewartet, heute herausgeholt und gebraucht zu werden. So würde er sein Kaufverhalten im Nachhinein einordnen und legitimieren. Typisch Mensch … nicht wahr!? Jedenfalls schlüpfte Bastian jetzt in seine quasi-jungfräulichen Sportschuhe, schwang sich in Joggingklamotten und lief los. Erstmal einfach weg-laufen - das war der Plan. Bastian joggte und joggte und bemerkte gar nicht, dass er a) eigentlich total untrainiert war und b) das Haus seiner Eltern anpeilte. So legte er die 12 Kilometer nach Hause mit Leichtigkeit in knapp 40min zurück und fand sich auf einmal hechelnd im Garten seiner Kindheit wieder. Hatte er ein Bedürfnis nach Sicherheit gehabt und seine Intuition ihn unterbewusst hierher navigiert? Irgendwie fühlte er sich schon ein paar Kilo leichter und pochte wie gesagt auf eine frische Dusche.

Hey Süße, bin spontan nach dem Gruppenmeeting heimgefahren zu meinen Eltern … meine Mum braucht mich im Garten und wir möchten danach noch Papas 60er planen. Penn dann heut hier und komm morgen wieder *heim ... Lust auf Kino morgen? Dicker Kuss:** Normalerweise bevorzugte Bastian den direkten Kontakt mit Leuten. Wenn möglich. Doch in manchen Momenten genoss er die Vorzüge des Internetzeitalters. Und so ein Moment passierte gerade. Bastian traute sich nicht mit Nina zu sprechen. Er konnte ihr einfach nichts vormachen und wollte verhindern, dass sie ihm die Wahrheit entlockte. Daher verfasste er frisch-geduscht eine möglichst natürliche und plausible Nachricht und war das erste Mal in ihrer Beziehung richtig froh, dass Nina Bastians *Öko-Eltern* - nur weil sie nicht jedem Trend hinterherlaufen? - nicht besonders gerne besuchte. Er wusste: hier würde sie nicht freiwillig oder spontan auftauchen. Bastians fröhliche Eltern hingegen freuten sich über den Überraschungsbesuch ihres *kleinen Philosophen* und luden spontan zu einer improvisierten Garten-Grill-Party in kleiner Nachbars-Runde ein. Obwohl er aller Welt den Basti-Normal-Modus vortäuschen musste, half die kleine heitere Ablenkung dabei, die krassen Neuigkeiten des Vormittags für eine Weile zu vergessen. Doch ehrlich gesagt, nur für eine KLEINE Weile. Daher klinkte er sich schon früh aus dem lustig-leckeren Beisammensein aus. Während sich seine Eltern noch mit den netten Leuten von nebenan amüsierten, kroch er beinah-unbemerkt in sein altes quasi-unverändertes Kinderzimmer und ließ sich aufs Bett fallen. Und da passierte etwas Merkwürdiges. Denn er stellte plötzlich fest, dass die Irritation abgemildert war und ferne Glücksgefühle durchloderten. *Oma lebt*, hallte es in seinem Innern immer wieder. Immer wieder. Er musste gar aufpassen, es nicht hinauszubrüllen. „Oma lebt!!", frohlockte er. Hormonal noch immer durch-

geschüttelt, nahm Bastian Papier und Stift aus der Schreibtisch-
schublade und flüsterte hoffnungsvoll: „Natürlich schreib' ich alles
auf Oma!"

VII

Samstag. 10.30 Uhr. Europabrunnen. Bastian erschien. Er hatte die
ganze Nacht kein Auge zugemacht und den Moment des Aufeinan-
dertreffens mit Manuel immer wieder innerlich durchgespielt. Hoffnung und Zweifel wechselten sich ab. Jetzt war er da. Zu früh. Doch
er wollte sich auf keinen Fall verspäten oder das Treffen gar verpassen; Manuel war ja nicht gerade bekannt für seine Geduld. *Echt tolle
Idee sich ausgerechnet HIER zu treffen,* dachte sich Bastian beim nervö-
sen Anblick des lärmenden Treibens. *Was, wenn er mich unter all den
Leuten hier nicht sieht?* 10.45 Uhr. *Hatte er den Antwort-Brief an Oma
mitgenommen?* Bastian durchwühlte seine Tasche und ertastete den
Brief. Kurzes Durchschnaufen. Dann der Schreck. „NINA!" japste
er. Urplötzlich erspähte Bastian seine Freundin in einem modernen
Laden direkt neben dem Platz am Brunnen. Sie durfte ihn hier natürlich auf keinen Fall entdecken. Er hatte weder Zeit noch Lust ihr
irgendetwas zu erklären. Aber er konnte sich auch nicht wegbewe-
gen. *Was tun?* Blick auf die Uhr: 10.55 Uhr. Nina hielt sich immer
noch in dem stylischen Laden auf. *Hat sie eigentlich nicht schon genug
Klamotten? Typisch: hat mal wieder nix anderes zu tun als blödes Shoppen,*
dachte er sich aufgewühlt. Egal jetzt! Manuel war noch nirgendwo
zu sehen. „Auch Typisch," analysierte Bastian erregt. Er hielt sich
am Brunnen fest, um nicht in Versuchung zu geraten, wegzulaufen.

„Warum hält die Zeit nur immer genau dann gefühlt an, wenn man es so überhaupt nicht gebrauchen kann!" fluchte er vor sich hin. Und er fluchte innerlich munter weiter. Nur so zum Zeitvertreib. Bis er plötzlich die 11-Uhr-Schläge der Kirchturmuhr hörte und begann, wild umherzuschauen. Nina hatte er auf einmal vergessen und sie war glücklicherweise weitergezogen. ohne ihn zu bemerken. *Wo blieb Manuel bloß?* 11.05Uhr. Noch immer nix zu sehen von dem verrückten Kerl. *War doch alles nur irgendwie ein blöder Scherz?* Bastian umkreiste den Brunnen. Mittlerweile verdichtete sich das Getose und er stellte wieder einmal fest, dass er absolut kein Großstadttyp war. „Was macht ihr Leute alle bloß hier?" fragte er ernsthaft in die emsige Allgemeinheit und beobachtete die (Gri-) Massen. „Na fett shoppen natürlich!!" Manuel tauchte urplötzlich an seiner Seite auf und hatte irgendwie seine Gedanken gelesen. „WAS? Äh ... Ja ... schon!" stocherte Bastian perplex. „Frag' ich mich auch immer!! Naja, wer's braucht!!" lästere Manuel lässig. „Woher wusstest du?" „Hab' ich dir doch schon mal gesagt, Basti. Wir beide sind uns ganz schön ähnlich," erklärte Manuel nüchtern. „Okay. Punkt für dich! Muss man dir lassen," näherte sich Bastian an Manuels Lockerheit an. „Lass' uns mal aus dem fetten Dschungel rauslaufen und woanders quatschen," lenkte Manuel die urkomische Konversation. „Okay. Wohin sollen wir gehen?" Doch Manuel war schon losgelaufen und Bastian musste sich beeilen und an den dichten Leuten vorbeidrängeln, um nicht abgehängt zu werden. „Lauf doch nicht einfach drauf los' ... ich meine ... bei all den Leuten ... hab' kein Bock dich zu verlieren," hechelte Bastian, als er Manuel trabend einholte. „Basti, Mensch ... dachte du bist fit!" „Ja schon ... aber brauchen doch auch nicht zu rennen!! Dachte du magst es gechillt?!" hustete Bastian. „Hast recht! Lass' uns da drüben hinsetzen," schlug Manuel vor und zeigte auf die große Treppe vor dem alten Museum.

Déjà-vu. Da war es wieder. Ein merkwürdiges Gefühl von Verbundenheit, das Bastian bereits tags zuvor in der Tram neben Manuel verspürt hatte. Woher kam diese Durchlässigkeit so plötzlich? Bis gestern hielt Bastian Manuel für einen egomanischen nix-lernen-wollenden Teenie. Doch der junge Typ, der jetzt so nett-frech neben ihm saß, erschien ihm weder lustlos noch bösartig zu sein. *War sein Blick bisher verstellt? Hatte er Manuel nie richtig beachtet und näher betrachtet? Ihm nie wirklich zugehört? Manuel ist ein feiner Kerl. Vertraue, mein Bastian.* Wieder geisterten Omas Brief-Worte durch seinen Kopf und Bastian wurde langsam neugierig auf den Kerl. Er wollte den Realitäts-Check. Er wollte selbst herausfinden, wer dieser wundersame Typ eigentlich war und nahm sich vor, sich von seinem bisherigen Bild loszumachen. Jetzt bekam er die Chance dazu. „Endlich weniger Leute!" eröffnete er das Treppengespräch. Manuel kaute gerade auf einem mitgebrachten Donut herum. „Sorry hab' noch nix gefrühstückt!" nuschelte er mit vollem Mund. „Lass' dir schmecken!" wünschte Bastian und war kurz davor noch ein neunmalkluges „is' aber nich' gerade ein besonders gesundes Frühstück" nachzulegen. Er behielt die Gesundheitspredigt dann aber doch lieber für sich. „Voll lecker!" raunte Manuel. Bastian musste lachen und fühlte sich gleich etwas entspannter als noch beim Warten. So entspannt, wie er sich bei all dem Gefühls-Chaos der letzten 24h eben fühlen konnte. Entspannt angespannt, quasi. Manuel genoss sein letztes

Stück Donut und lachte zurück. Wären Leute beim Vorbeigehen gebeten worden, kurz anzuhalten und die Unterhaltung zwischen den beiden mehr-oder-weniger-soften Jungs aus der Ferne zu beurteilen, hätten sie die Szenerie auf der Treppe wohl folgendermaßen interpretiert: Ein junges homosexuelles Pärchen unterhält und amüsiert sich über banale Alltagsthemen, um den eigentlichen und ernsteren Grund ihres Zusammentreffens hinauszuzögern und zu verdrängen. Bastian fühlte innerlich tatsächlich ungefähr so und verspürte einen extremen Drang nach der Wahrheit. Vielleicht empfinden Sie ähnlich liebe Leser*innen? Bastian jedenfalls lechzte danach, sofort nach Oma, dem Brief, Manuels und Margarethes Verbindung, nach einfach allem, was Manuel wusste, zu fragen. Er hoffte, Manuel würde ihn jetzt endlich darauf ansprechen. Denn er wollte irgendwie nicht selbst mit der Frage herausplatzen und müsste lügen, wenn ihm die Antwort keine Angst machte. Doch lange hielt er es nicht mehr aus. Musste er auch nicht. Manuel bog endlich in Richtung Oma ab: „Du hast echt ne' Hammer-Oma!" tönte er offen. „Hast recht! Ich mag sie auch!" lachte Bastian überrollt zurück und musste sich innerlich immer noch an den unglaublichen Gedanken gewöhnen, dass a) seine Oma möglicherweise wahrhaft lebte und b) Manuel und Margarethe sich tatsächlich näher kannten und Kontakt hielten. „Wie eng ... ich meine ... Oma und du ... kennt ihr euch eigentlich?" tastete er sich heran. „Gute Frage, Basti!" lobte Manuel seinen leichtnervösen Neu-Kumpel. „Is' hart für dich, dass ich deine Oma kenn' oder?" fragte er mitfühlend frech. Wenn sich die irgendwie-überlegenere Position auch leicht genüsslich anfühlte, wollte Manuel seinen Informationsvorschuss trotzdem nicht ausnutzen und Bastian lange hinhalten. Allein schon Margarethe zuliebe nicht. Aber auch so empfand Manuel Bastians Nähe gleichwohl angenehm wie andersherum und spürte tatsächlich eine gewisse Art-Verwandtschaft, von der er Bastian dauernd erzählte. Wenn er also von Ähnlichkeiten zwischen ihnen Beiden sprach, lag eine Mischung aus neckischer Frechheit und gefühlter Ehrlichkeit in seinen Worten. „Schon okay, ich versteh dich ja!" lenkte er ein. „Wär' für mich auch komisch wenn der nervigste Suchende mit meiner Oma abhängt!" kommentierte und relativierte er seine eigene Frage und setzte *Suchende* gestisch in Anführungszeichen. „Ihr hängt also echt ab?" platzte Bastian jetzt heraus und überhörte Manuels Selbst-Offenheit für den Moment. „Sorry, nett von dir, dass du meine Lage verstehst. Es ist nur so hart für mich, weil ich mega durcheinander bin und gar nimmer weiß, was wahr ist und was nicht." ergänzte er hektisch. Manuel verstand schnell. „Hör zu, Basti. Alles was in dem Brief steht, ist wahr. Margarethe ... ich meine ... deine Oma ... ist am Leben. Is' wahrscheinlich bescheuert zu glauben, aber es stimmt wirklich. Hab' sie zwar jetzt auch 'ne Weile nich' gesehen, aber das letzte Mal sah sie ziemlich gut aus." erklärte er so-sachte-wie-möglich. „Wann war denn das letzte Mal?" fragte Bastian direkt und klang so unnatürlich normal. Manuel musste kurz schlucken. „Ich erzähl dir, dass deine Oma LEBT und du frägst mich nach unserem letzten Treffen?" wunderte er sich. „Vielleicht ist es ja ne' Lüge!" haspelte Bastian und sprach plötzlich mehr zu sich selbst. „Basti, ich lüg' nicht ... versprochen." Doch Bastian hörte Manuel nicht mehr. Er verfiel in eine innere Hysterie und das Außen verschwamm. „Das passiert doch alles gar nicht echt ... das kann doch alles gar nicht sein ..." wiederholte er immer wieder und presste seine Hände krampfartig auf seinen Schoß. „Basti, was is' los? hey, hör auf ... Basti, hör mir zu!" forderte Manuel ihn auf. „Ich bin doch nicht bescheuert ... oder doch? Oma lebt! Bin ich hier bei der Makaber-Version von Verstehen Sie Spaß?" Bastian hing in seinen Gedanken-Hamsterrad fest und halluzinierte. „Hey Alter, da drüben steht n' rosa Elefant!" brüllte Manuel plötzlich und schoss auf. Und das war Bastians Erlöser. Er geriet gedanklich wohl so durcheinander, dass die Wucht der Realität unaushaltbar war. Bastian hatte einfach *einen morz Schiss* und wehrte sich paradoxerweise gegen die traumhafte Wahrheit. Vielleicht passierte der Aussetzer auch aus irgendeinem anderen Gefühls-Reflex-Grund. Was auch immer ihn kurzzeitig wegtrug, Manuels Elefanten-Irritation half Bastian zurück in die Gegenwart und ermunterte ihn, loszulassen und zu verstehen. *Oma ist am Leben*, rekonstruierte er. Das hatte Manuel ihm eben versprochen. Er hielt seine Hände in einer Art Aufschreck-Pose vor seinem Gesicht fixiert und ließ sie jetzt langsam wieder niedersinken. Dann beugte er sich in Bastians Richtung und hauchte einen tiefen Lach-Seufzer aus. „Guter Trick!" japste er und Tränen blinzelten in seinen Augen auf. „Hab' ich von meinem Therapeuten ... hat mir auch schon n' paarmal geholfen. Sorry für den Schrecken!" resümierte Manuel wohlmeinend und musste innerlich lachen über seine therapeutische Spontanidee. Bisher hatte er Therapien immer nur konsumiert und nicht selbst angeboten. Irgendwie waren so manche Dinge dabei, sich zu drehen in seinem Leben. Bastians Momentan-Gefühl hatte sich jetzt auch gedreht und er fand sich wieder so merkwürdig klar wie tags zuvor beim Briefschreiben. Da saß er. Manuel saß neben ihm und sprach ganz offen mit ihm. Tränen tropften auf sein T-Shirt und fühlten sich an wie frische Regentropfen. Er war froh, dass er den Regen immer schon mochte und hatte vergessen, dass er eigentlich nie vor Anderen - besonders vor Fremden - heulte. Bastian selbst hätte eigentlich keine Probleme damit gehabt, Emotionen zu zeigen und geriet erst durch Ninas Rationalitätspredigten, die seine Sentimentalität immer wieder herabwürdigten, in eine gewisse Zurückhaltung und Nüchternheit. Doch Manuel war nicht mehr nur irgendein ANDERER oder FREMDER. Weder für ihn. Noch für seine Oma. Er konnte endlich vertrauen und seine Vorurteile loslassen. Und er konnte endlich die softesten harten Fakten, die er je zu hören bekommen hat, aushalten und glauben: Oma war auf wundersame Weise wiederaufgetaucht.

Präsent, verträumt und emotionalisiert saßen Bastian und Manuel noch eine ganze Weile nebeneinander und tauschten immer mal wieder freundliche Blicke aus. Niemand sprach. Und obwohl die Treppen-Bühne äußerlich immer noch (oder eher wieder) dasselbe Bild zweier schweigsam-nebeneinander-flackender Typen zeigte, wäre eine erneute Externinterpretation wohl ganz anders ausgefallen: Zwei junge Menschen teilen einen für-beide-Seiten-bewegenden Moment und lassen einander Raum für bewusstes Erleben. Sprache klang in diesem Moment überflüssig. Und tatsächlich verspürten weder Bastian noch Manuel irgendeinen Impuls danach, direkt alle Details ihrer ungewöhnlichen Bekanntschaft zu klären. Natürlich flogen noch viele offene Fragen durch den dichten Raum und Bastian tapste immer noch im Margarethe-Dunkel. Doch für die Dauer dieses stillen Nebeneinanders zählte das DA-Sitzen und das DA-Sein. Nix anderes. Beide merkten, dass alles andere noch früh genug ausgesprochen und ans Licht befördert würde. Bastian wollte vorerst nur eine wahre Information speichern: *Oma lebt*. Manuel ließ Raum.

VIII

Liebe Oma,

ist es echt wahr? Passiert das alles wirklich? Träume ich - so wie ich immer von dir geträumt habe seit damals? Oder ist es diesmal ein anderer Traum? Ein echter Traum? Bin ich bescheuert, wenn ich daran glaube? Ich habe tatsächlich so viele Fragen Oma und kann an nix mehr anderes denken. Irgendwie hat heut früh die Welt aufgehört sich zu drehen. Oder hat sich bloß die Richtung verändert? Ich bin total verwirrt und doch kann ich es klar hören: du lebst!!

Wie ist das alles möglich Oma? Habe ich ein halbes Jahr lang geschlafen? Warst du gar nicht weg? Aber wo warst du dann? Du wolltest, dass ich alles aufschreibe und ich probiere es Oma. Ich probiere es und schreibe alles auf, was sich in mir herumtreibt. Manchmal halt ich kurz an und denk: „Bist du total verrückt?" Oder ich breche ab und setze neu an. Aber irgendwie hat sich ein ernsthaftes Gefühl in mir festgebohrt, dass ruhig zu mir spricht und mir von DIR erzählt. Ich habe nie aufgehört, nach dir zu suchen, Oma. Immer wieder kramte ich die Wohnung um und durchsuchte alles und immer wieder hakte ich bei der Polizei nach. Nie habe ich denen geglaubt, dass dir bei der Panne damals möglicherweise irgendetwas zugestoßen ist. Bescheuerte Theorie! Würde so einer fitten Maus wie dir doch nie passieren! Aber weil du so unglücklich warst hielten alle es für möglich, dass du „gehen" wolltest!? Und mehr konnte ich leider auch nicht herausfinden. Es ist so schön Oma, wieder von dir zu sprechen. Natürlich möchte ich vorbeikommen und dich treffen!! Egal wo!!

Nichts ist unmöglich hast du früher immer gesagt. Wenn ich deinen Brief les', fühle ich mich auf eine harte Glaubens-Probe gestellt. Aber ich halte an meinem Vertrauen in dich fest und schreibe alles auf, was ich loswerden möchte und es fühlt sich an, als würdest du mitlesen während ich schreibe. Und dieses wunderbare Gefühl des tiefen Vertrauens und der Verbundenheit, dass ein halbes Jahr lang verborgen lag, hilft mir und trägt mich. Lässt mich Glauben an DICH. Lustigerweise wollte ich heute anfangen, ein Buch zu schreiben. Ja wirklich. Ich wollte mich freischreiben, so wie du früher alles aufgeschrieben und ausgeschmückt hast. Das war mein Plan. Gute Idee oder? Jetzt schreibe ich dir Oma. Und mein Gefühl sagt mir, dass dieser Brief und mein Plan irgendwie miteinander zusammenhängen. Wie hast du immer so schön gesagt: *„La vie passe!!"*

Ich möchte ehrlich sein, Oma. Es ist nicht nur dein Brief, der mich durcheinanderbringt. Ich bin auch total irritiert und perplex, von WEM ich ihn bekommen habe. Woher hat Manuel den Brief? Kennt ihr euch? Weißt du, wer er wirklich ist? Habt ihr euch getroffen? Alles, was ich mir ausmale, fühlt sich so weithergeholt an, dass ich es direkt wieder verdränge und vergessen möchte. Aber ich kann nicht aufhören, deine Worte zu lesen: *Manuel ist ein feiner Kerl. Vertraue, mein Bastian.* Nix ist unmöglich, sage ich mir. Manuel saß heut früh in der Bahn neben mir und gab mir deinen Brief. Morgen treffe ich ihn wieder und bringe ihm meinen Brief. Das genügt. Mehr Wahrheit halte ich momentan nicht aus. Ich vertraue, Oma und ich möchte dich treffen!! Bitte schreibe mir, wo du bist!!

Bastian

PS. Ja, ich erinnere mich und glaube, dass ich bis heute nie aufgehört habe, nach einer tieferen Antwort für die Schmetterlingsfrage zu suchen. Danke, Oma. Ich bin so sehr gespannt auf deinen Regenbogen und wenn ich meinen Stift jetzt weglege, tausche ich ihn bloß gegen einen kleinen Pinsel und fange selbst an, zu malen.

IX

Richtig. Timing. Timing ist alles beim Schreiben. Danke für den künstlerischen Tipp am Rande und ihren fragenden Blick an dieser Stelle liebe Leser*innen. Ja doch: Ist total nötig gewesen. Hätten Sie nicht so aktiv und munter mitgelesen, hätte ich doch glatt den span-

nendsten Bogen vergessen und so den Bogen womöglich über-
spannt. Ich kenne die fertige Geschichte natürlich schon en Detail.
Hoffe ich zumindest. Aber was in meinem eigenen Kopf passiert,
hilft Ihnen natürlich wenig, solange das Kapitel im Buch fehlt. Halt.
Warte mal: Lesen schmeckt ja auch immer anders. Vielleicht vermissen Sie bisher gar keine Details!? Und ich möchte ja niemandem unter Ihnen meinen Geschmack aufdrängen. Trotzdem. Timing ist wie
gesagt alles. Und meine innere Uhr schlägt vor, endlich eine Schrei-
ber-Leser*innen-Brücke zu schlagen und mit Ihnen beziehungsweise Margarethe abzutauchen. Denn während die Althippie-Dame
von der realen Bildfläche verschwand, erschien sie auf meiner fikti-
onalen Leinwand. So lassen sie mich jetzt zurückspringen zu einem
kühlen 22.Februar und herausfinden, wie Margarethe sich selbst
und infolgedessen meine vorliegende Geschichte erlöste. Wie gesagt: Manuel und seine wieder-aufblühende Verbündete setzten auf
Irritation à la Ich-Bin-Dann-Mal-Weg. Sie planten, ein einlullendes
Labyrinth zu hinterlassen, das in mehreren Sackgassen endete und
kein Mensch im Nachgang nachvollziehen konnte. Eine Art Ver-
schleierungstaktik. Früher oder später würden die Behörden und
die wenigen Angehörigen aufhören nach einer alten und verdrosse-
nen Omi zu suchen. Bastian war der Einzige, der nie aufgegeben
hatte.

Erster Halt: Bahnhofstoilette. Hier trennten sich die Wege der beiden
Abenteurer vorerst. Wenn ihr Plan funktionierte, was die Beiden an-
nahmen, sollten sich ihre Pfade um exakt 17.20Uhr wieder kreuzen.
Natürlich klang es langweilig und äußerst perfektionistisch gedacht

an die Fehlerfreiheit ihres Vorhabens zu glauben. Aber Margarethe erfreute sich ihrer wiederentdeckten jugendlichen Naivität und Manuel war nicht umsonst Suchender. Und für Margarethe hieß es an diesem taufrühen Morgen: Durchbeißen. Durchbeißen durch eine Welt, die sie lange nicht mehr betreten hatte. „Hau rein, Oma ... ähh ich meine Margarethe!!" flüsterte Manuel ihr aufmunternd zu. Sie hielten in Sichtweite des Bahnhofsgebäudes, so dass niemand sie hier zusammen sehen konnte. Dann drückten sie sich und starteten Teil 1 ihres Plans. „Bleib wohl und mach keine Dummheiten mein Junge." „Du meinst größere als diesen verrückten Plan mit dir?" Beide mussten grinsen. „Hast recht." Sie waren bereit für die schönste Dummheit ihres Lebens. „Bis später!" Manuel schwang sich auf sein Moped und tuckerte davon. Kurs darauf drückte Margarethe die Spülung auf der Bahnhofstoilette und interpretierte den Spülknopf als Startschuss zu ihrer Unabhängigkeit. Sie war froh, dass sie nicht werde umsteigen müssen. So konnte sie die nächsten zwei Stunden nochmal in relativer Ruhe der bunten Dinge harren, die da folgten. Am Gleis warteten wie geplant zu dieser Stunde nur wenige Leute. Als der Zug hielt, stieg Margarethe zügig ein und suchte sich einen freien Platz im hintersten Wagon. Wählte sie ihren Platz zufällig oder bewusst? Naja: Sie folgte ihrer Intuition. Irgendetwas in ihr beschloss, dass sie am hinteren Ende des Zuges am besten und sichersten positioniert war.

Nächster Halt: Hafenbahnhof. *Wie lange sie nicht mehr hier gewesen war*, stellte Margarethe beim Ausstieg fest. Früher hatte es sie und Hubert öfter hierhergezogen und sie liebten den süßen Kleinhafen.

Besonders an den belebteren Feiertagen. Manchmal saßen sie dann einfach eine gefühlte Ewigkeit nur zwischen den Stegen herum und empfanden Vergnügen daran, dem bunten Hafen-Treiben zu lauschen. Sie stellten sich dann vor, dass die Leute eigentlich alle IHNEN lauschten - wie zu Zeiten der *Funky Vagabonds*. Oder sie spazierten eine Weile zwischen den wenigen Informationsständen umher und lasen die Touris-Menus. Die Eröffnung der Fähre war damals eine große Attraktion und natürlich wohnten Hubert und Margarethe der Zeremonie bei. *Aber damals sah das Schiff noch anders aus*, träumte Margarethe beim Durchqueren des kleinen Hafenvorplatzes, der sich peu à peu füllte. Das Letzte mal war sie mitgefahren, da trug sie Bastian noch auf dem Arm. Schon komisch ihren geliebten Enkel jetzt auf diese Weise zu verlassen. Melancholie überkam sie. *Aber es war ja nicht für immer*. Mehr und mehr Lärm drang von allen Seiten an Margarethe heran, die sich in der Nähe des Fähren-Stegs hingesetzt hatte. Es war jetzt halb 11Uhr. Eine halbe Stunde vor Abfahrt. Dicht an dicht drängten sich die Leute jetzt in Richtung Anlegeplatz. Viele holten sich noch frischen Reiseproviant bei den umliegenden Verkaufsständen oder tummelten sich am Ticket-Stand. Einige der Händler*innen kamen Margarethe noch bekannt vor. Sie hielt sich besser fern, um nicht entlarvt zu werden. Margarethe war vorbereitet. Alles lief nach Plan. Drei Zwischenstopps peilte die *LUCKY MARRY* mit ihrer Crew auf der heutigen Überfahrt an. Den letzten Halt würde Margarethe nicht mehr mitbekommen. Noch ahnte sie nicht, dass alle anderen Gäste auch nicht planmäßig heimkehren sollten.

Halt Nummer 3. Nostalgie Pur. Wenn auch mit lauem Gefühl und Nervosität im Bauch, hielt sich Margarethe an Bord fest und genoss das See-Panorama. Nachdem die fröhliche Frau Kapitänin der *LUCKY MARRY* vorweg alle Gäste über das übliche Reiseprozedere und die Route instruiert und die Personenfähre tosend abgelegt hatte, begab sich Margarethe direkt an Deck und ließ sich - wie früher - von der holpernden alten *MARRY* durchschaukeln. Ein paar Momente lang vergas sie dabei sogar ihre ernste Mission. Doch jetzt steuerte das Schiff langsam auf den ersten Zwischenhalt zu. Die Crew informierte alle Leute über nette Cafés und kleine Läden in Hafennähe und wies an, sich pünktlich um 14Uhr - also in einer Stunde - wieder an Bord zu sammeln. Margarethe bewegte sich sehr langsam und getarnt in Richtung Brücke und ging mit einer letzten kleinen Gruppe von Board. Sie wollte natürlich vermeiden, womöglich auf Bekannte zu stoßen. Auch wenn das nach all den Jahren und ihrer Zurückgezogenheit eher unwahrscheinlich war. *Aber lieber auf Nummer sicher gehen*, empfand die Agentin in ihr. Am Ende des Brückenstegs warteten 2 junge Crewmitglieder und halfen - wenn gewünscht - beim Ausstieg. „Entfernen Sie sich lieber nicht zu weit vom Schiff. Wir wollen doch Niemanden verlieren und alle wieder mitnehmen!" empfahl einer der beiden Matrosen freundlich-neckisch. Margarethe wollte das nicht. *Naja vorerst schon*, dachte sie sich schelmisch.

Nächster Halt. Endstation. Leider. Denn weder die *LUCKY MARRY* noch unsere alte Abenteurerin planten ein so frühes K.O. Margarethe hatte den ersten Stopp in einem kleinen Café verbracht und hielt das jetzt beim zweiten Hafen-Halt abermals für eine gute Idee. Diesmal würde sie aber Tee anstatt Kaffee trinken, um ihren Adrenalinspiegel nicht noch überzustrapazieren. In Gedanken war sie die ganze Überfahrt über schon beim letzten Anlaufpunkt und spielte das Dreifach-V-Szenario immer wieder durch: Verstecken - Verkleiden - Verschwinden. Doch was jetzt passierte, darauf waren weder sie noch die Fährgäste vorbereitet. Als alle wieder pünktlich nach der Pause vor dem Brückensteg eintrafen und auf die Weiterfahrt drängten, erschien die besorgte Kapitänin an Board und teilte eine traurige Hiobsbotschaft mit: „Sehr verehrte Gäste, darf ich kurz um Ruhe bitten. Ich muss Ihnen leider eine sehr sehr traurige Nachricht überbringen. Unsere treue *LUCKY MARRY* wird heute leider nicht mehr weiter fahrtüchtig sein. Während der Pause, trat ein alarmierender technischer Fehler im Fahrwerk auf, dessen Reparatur sich als längeres Unterfangen herausstellte. Unser Technikerteam hat alles Machbare probiert, aber der Fehler lässt sich momentan von hier aus nicht lösen und so können wir unsere Überfahrt leider nicht fortsetzen. Glauben Sie mir, uns allen an Board tut das wirklich sehr leid, und ich habe das in meinen 6 Dienstjahren wirklich noch nie erlebt, aber wie sagt man so schön: irgendwann ist immer das erste Mal!? Ich kann ihren möglichen Ärger sehr gut nachvollziehen und verstehen. Ich bin selbst am allermeisten gesorgt darüber. Aber es hilft leider nix: wir müssen umplanen und anderweitig heimkehren." Die sichtlich-angespannte Crew-Chefin hielt kurz inne. Rasch breitete sich Unruhe, Getuschel und natürlich Enttäuschung aus. Überall wurden Fragen laut. „Darf ich nochmal um Ruhe bitten! Bitteschön, liebe Gäste." setzte sie fort. „Haben Sie keine Sorge: Wir haben bereits alles in die Wege geleitet und uns um eine Alternative gekümmert. Bitte, liebe Gäste bei allem Verständnis. Hören Sie mir bitte zu und sie erhalten alle notwendigen Informationen." *Es hilft leider nix*, hallten die ernsten Worte der Kapitänin immer fester in Margarethes Ohr. Bei aller Genervtheit der übrigen Passagiere, traf die unerfreuliche Botschaft niemand andern so hart wie sie. Die heute mehr *unlucky* als *lucky Marry* versetzte Margarethe in Aufgelöstheit. *Was nun?* Innerlich taumelnd vernahm sie die restlichen Informationen nur noch bruchstückhaft, so als wenn beim Radio-Hören der Empfang immer wieder abbricht. „Begeben Sie sich zum Bahnhof ... Dort holt sie ein Sammelbus ..." informierte die gestikulierende Kapitänin weiter. Margarethe musste sich hinsetzen und atmete schwerer. „... Crew begleitet Sie ..." *Es hilft leider nix.* Doch die aufgekratzte dichte Menge bot keinen Raum und setzte sich plötzlich in Bewegung. Planlos wurde Margarethe mitgeschubst in Richtung Bahnhof. Glücklicherweise holte der Schubser sie aus ihrem verzweifelten Schock-Zustand und half ihr, sich aufzuraffen. *Es hilft leider nix*, dachte sie sich erneut. Doch diesmal mit Blick auf ihre persönliche Lage. Immer noch von der Masse mitgezogen, beschloss sie sich erstmal aus dem treibenden Komplex zu befreien und neu zu orientieren. Sie bahnte sich peu à peu frei und bewegte sich so zügig wie möglich außer Reichweite. *Erstmal hinsetzen*, hieß ihr einziger Gedanke. Aber wo? Margarethe durchquerte eine schmale Straße, an deren Ende sie endlich eine kleine Grünfläche entdeckte. Dort ließ sie sich erleichtert auf einer Bank nieder. Die Welt um sie herum verblasste. Sie hörte ihren Atem rauschen und ihr glühendes Herz trommeln - nix weiter. Minutenlang saß sie regungslos da. Plötzlich klopften ihre eigenen Gedanken bei ihr an und erinnerten sie an die Außenwelt. *War das ein Wink? Sollte sie es doch lassen und einfach in Tristheit weiterleben? Noch würde sie den Sammelbus vielleicht bekommen? Wie spät war es denn?* „Hey Lady, spielen Sie uns den Ball rüber!?" Margarethe schreckte auf. Eine Clique junger Leute spielte Basketball in ihrer Nähe und hatte soeben ihr Spielgerät verloren. „Hallo Sie, Lady, spielen sie uns den Ball zurück!?" bat einer der sportlichen Jungs erneut. Jetzt begriff Margarethe, WER mit Lady gemeint war. Sie nahm die Ablenkung dankend an, schnappte sich den Basketball und brachte ihn den jugendlichen Profis zurück. „Lady hat mich lange niemand mehr genannt!" sagte sie geschmeichelt. „Danke sehr, LADY!" tönte die ganze Clique lächelnd im Chor. In diesem Moment wusste Margarethe: Die wilde Reise war noch nicht vorbei! Plan B musste her. Und vielleicht war das Zusammentreffen mit der erfrischenden Basketball-Clique kein Zufall. Die Rebellin in ihr träumte wieder und pfiff buchstäblich zum nächsten Drittel.

Nächster Halt. Manuel treffen. Jetzt war es 15.15Uhr. Margarethe blieben noch eindreiviertel Stunden um fährenlos - über Land - den ausgemachten Treffpunkt zu erreichen. „Darf ich Sie, ich meine euch, noch um einen kleinen Gefallen bitten?" fragte sie in höflichlässigem Ton. „Na klar, Lady!! Schießen sie los! Ich bin Momo ... zu ihren Diensten" antwortete einer der Typen und verbeugte sich theatral. Die Clique lachte herzlich. Margarethe lachte ebenso und witzelte mit: „Die feine Lady wünscht ein Telefon. Momo ... wohnen Sie zufällig in der Nähe?" „Aber meine Dame, für ein Telefon müssen wir nirgendwo hingehen ... Hier nehmen Sie mein Handy ... ich meine: Bitte sehr, benutzen Sie mein mobiles Telefon!" amüsierte sich Momo. „Sehr freundlich von Ihnen. Danke sehr." Margarethe nahm Momos Handy zur Hand und wollte direkt die Nummer eintippen. Doch das funktionierte offensichtlich nicht so leicht. „Entschuldigung Momo, wo ist denn bei deinem Telefon, ich meine Handy, das Tastenfeld?" hakte sie nach. „Kein Problem, Lady ... lassen sie mich das machen!" Momo grinste. Die Anderen folgten der lustigen Unterhaltung und fotografierten was das Zeug hält. Mit der Story ließen sich bestimmt einige Likes einheimsen. „Sagen Sie mir einfach die Nummer." bat der treue Momo. „Achso, ähh ... nunja die weiß ich leider nicht!" gestand die *Lady* aus einer anderen Zeit. „Kein Problem meine Lady ... Wen wollen Sie den anrufen?" fragte Momo beruhigend. „Ich brauche ein Taxi. Aber es muss mich hier im Park holen." stellte Margarethe klar. „Alles klar. Warten Sie kurz!" Momo posierte vor seinen Freunden als Spontan-Butler mit Handy am Ohr. Dann hörte Margarethe ihn mit der Taxi-Zentrale sprechen. „Wohin möchten Sie fahren Lady, will der Typ vom Taxi wissen!" fragte er nach kurzer Zeit. „Weit. Ich möchte weit wegfahren," antwortete Margarethe. „Sehr präzise" flüsterte Momo ihr und der Clique zu, bevor er sich wieder dem Handy widmete. Der Lacher war ihm vergönnt. „Okay ... hab`s geklärt meine Lady. Ihr Taxi kommt in 10 Minuten und bringt sie weit weg!" versicherte Momo kurz darauf und klang seriös. „Fantastisch!! Danke sehr Herr Momo.. Danke an euch alle. Ihr habt mir sehr geholfen!" Margarethe gab ihrem Momo einen freudigen Du-Hast-Mich-Gerettet-Drücker.

„Okay ... okay ... Lady!" gab Momo amüsiert-irritiert zurück. „Hey, spielen sie mit, bis ihr Taxi kommt?" fragte ein anderes Mädchen spontan. „Danke, das ist sehr lieb von euch ... aber ich warte lieber! War nett mit euch," bedankte sich Margarethe. „Tschüss Lady!" tönte es unisono. Margarethe winkte nochmal und lief dann zurück zur Bank. Dann fiel ihr noch ein wichtiges Detail ein: „Noch eine Bitte habe ich an euch: Falls irgendwann mal ein ... Mensch oder Leute von der Polizei oder so ... ich meine nur so ... aus Interesse vielleicht ... nach mir fragen ... also nach einer älteren Dame. Dann verratet bitte nichts von unserer Begegnung ... okay!?" bat sie in möglichst-lockerem Ton. „Sie sind aber keine Killerin oder so!?" tönte Momo witzelnd. „Sehr lustig mein Lieber," witzelte Margarethe zurück. „Nein: ich habe mich ehrlich gesagt nach Jahren endlich getraut, von meinem nervigen Ehemann wegzulaufen und möchte verhindern, dass er mich findet!" log sie elegant. „Sie sind ja voll die harte Braut. Respekt. Alles klar, Lady. Dein Geheimnis ist unser Geheimnis!" bestätigte Momo und legte eine Faust aufs Herz. Margarethe lächelte. 10 Minuten blieben ihr noch. Die würde sie auch beanspruchen - für einen geplanten Kostümwechsel.

Langsam fing Manuel an, nervös zu werden. Immer wieder kontrollierte er die Uhrzeit auf seinem Handy. Er war froh, dass er keine Kippen bei sich trug. Sonst hätte er seinen Margarethe-zu-Liebe-gestarteten Verzicht wohl gebrochen. Feste wünschte er sich, dass seine Wahl-Omi endlich auftauchte. 17.20Uhr. 20 Minuten drüber. *Locker bleiben*, bändigte er sich selbst. *Nächstes Mal geb´ ich ihr auf jeden ´n Handy mit*, beschloss er erregt. Wenn auch das Warten auf

Margarethe den armen Kerl enorm in Stress und innere Aufruhr versetzte, passiert es Ihnen liebe Leser*innen vielleicht trotzdem, dass sie sich an Manuels Gefühlsregung erfreuen. Erscheint hier nicht seine lange-verborgene menschliche Seite und lässt Bindung zu? Emanzipiert er sich hier nicht von seinem alten Alles-Egal-Ethos? Manuel jedenfalls sorgte sich mehr und mehr um seine einzigartige Freundin. Nicht nur ihres Planes wegen. 17.30Uhr. *Blödes Ding,* schimpfte er mit seinem Handy. *Einfach cool bleiben. Cool bleiben, Junge.* „Excusez moi. Tu parles français?" Manuel erschrak und drehte sich um. Vor ihm stand ein schick-gekleideter Gentleman mit aufgefaltetem Regenschirm. „Français? Or Inglisch?" fragte der feine Herr erneut. Sprachlos zückte Manuel sein Handy und täuschte einen Anruf vor. In aller Aufregung hatte er sowohl den einsetzenden Regen als auch den Fakt, dass er sich an der französischen Grenze befand, verdrängt. Er wechselte hastig die Straßenseite und stellte sich unter einer Bushaltestelle unter. Der Regen prasselte immer heftiger. *Hoffentlich stört das den Zugverkehr nicht,* bangte er. 17.40Uhr. Langsam lief Margarethe die Zeit davon. Noch dauerte es fünfundzwanzig Minuten bis zur Abfahrt. Manuel wusste, dass der TGV Richtung Marseille ihre einzige und letzte Chance war. Die geplante Verbindung fuhr nur einmal täglich. *Mach hinne, Omi,* drängte er innerlich und inspizierte immer wieder sein Handy. Um ihn herum mischten sich Dunkelheit und dichter Regen, erhellt von gelegentlichen Autolichtern, die wie aus dem Nichts aufleuchteten und aufheulten. *Wie im Film ey,* stellte er fest. Erst kurz vor dessen Halt, sah er ein heranfahrendes Taxi näherkommen und ärgerte sich über die grellen Lichter. Zu allem Überfluss wurde er beim schlagartigen Halt des Fahrzeugs nassgespritzt. „Man … pass doch auf ey!" brüllte er. Doch das Taxi verschwand so schnell, wie es gekommen war. Und Manuel sah erst danach, dass es eine ihm bekannte und heißersehnte Person im wahrsten Sinne angespült hatte. Erleichterung durchzog die Haltebucht.

X

Im Nachhinein vergas Manuel, warum genau er sich damals neben Margarethe gesetzt hatte. Sein Bauch habe ihn gelenkt und „er spürte voll den Impuls *Tante Depri* nahe zu sein," reflektierte er. „Tante Depri!?" hakte Bastian entsetzt nach. „Naja … du weißt ja wie deine Omi damals drauf war: immer allein … nix geredet … immer im Dunkeln draußen … da haben die Kids in der Nachbarschaft angefangen, sie so zu nennen … bisschen böse ich weiß" erklärte er. „Okay … das heißt sie war irgendwie … bekannt?" fragte Bastian. „Nicht wirklich … nur halt unter den paar Jugendlichen die immer vorm Hochhaus nebenan rumlungern!" relativierte Manuel. „Gehörst du auch zu denen?" Bastian klang ehrlich-interessiert. „Nicht wirklich … war bei denen nicht so beliebt und auch mehr allein unterwegs … gab oft Stress!" antwortete Manuel und zog an seiner Cola. Bastian und er trafen sich gerade wieder und lernten sich immer besser kennen. Diesmal saßen sie in einem kleinen Café und Manuel berichtete von seinem Kennenlernen mit Margarethe. Wenn auch nicht direkt, lief ihr erneutes Treffen auf einen markanten Knackpunkt hinaus: Margarethes Antwort auf Bastians Brief. Aber Bastian wollte auch diesmal probieren, seine Nervosität zu zügeln und seinem *feinen* Gegenüber zu *vertrauen*. Das gelang ihm immer besser. *Eins nach dem Anderen,* nahm er sich fest vor. „Dann war es vielleicht eure geteilte Einsamkeit, die euch anzog?" analysierte er und klang lehrerhaft. „Bist schon voll der Therapeut Basti ... haha ... das Praktikum bringt's wohl!?" neckte Manuel. „Bei so Extremfällen wie dir lernt man schnell!" flachste Bastian zurück. „Dann haste wohl recht mit deiner Theorie!" bestätigte der gut-gelaunte Extremfall. „Naja auf jeden Fall hab' ich mich halt eines abends einfach mal danebengeflackt auf die Bank und so haben wir uns befreundet. War irgendwie witzig. Erst haben wir gar nichts geredet und dann hat sie mich auf einmal gefragt, ob ich Bock auf 'n Tee hab!?" erzählte Manuel. „Hört sich echt witzig an ... irgendwie nach Oma wie früher!" kommentierte Bastian berührt. „Hippe Oma, dachte ich jedenfalls!" erinnerte sich Manuel. „Und wie haltet ihr jetzt momentan Kontakt? Wie hast du ihr meinen Brief überbracht?" lenkte Bastian jetzt auf heiklere Bahnen. „Naja Basti ... wie verschickt man Briefe ... weißte doch?" gab Manuel locker zurück. „Naja schon ... aber ... das ist alles? Ihr schreibt euch Briefe?" fragte Bastian irritiert. „Natürlich quatschen wir auch ... also halt mit Handy und so ... ganz normal halt." informierte Manuel. „Okay ... und wo ... ich meine wo wohnt Oma?" Bastian sprach leiser und nervöser. „Das mein Kumpel ... erfährst du übermorgen ... hast doch am Wochenende noch nix vor!?" frohlockte Manuel. „Ähhm ... nein ... okay ... also bekommst du übermorgen den nächsten Brief?" fragte Bastian verunsichert. „Ne ... noch besser Basti: wir fahren hin!!" pustete Manuel und posierte freudestrahlend beim Aussprechen von *hin*. Bastian japste kurz auf.

Dann erstarrte er. Nach einer kurzen Weile nahm er einen langsamen Schluck Kaffee und flüsterte gen Himmel: „Ist das wahr, Omi? Ich komme zu dir?" „Kein Witz!" hakte Manuel ein und hielt jetzt seine Cola hoch: „Sie wohnt übrigens mehr südlich als nördlich ... mein nur so ... weil du eben nach oben geschaut hast!" ergänzte er. „Na dann ... Auf euer fettes Wiedersehen ey!" Bastian lachte ungläubig und hob schließlich seinen Kaffee. Dann stieß Glas auf Keramik und Leben auf Leben.

XI

Halten sie durch liebe Leser*innen. Halten sie durch und halten sie aus, dass sie sich jetzt bis zum letzten Kapitel dieses Mal-eben-auf-der-Couch-in-einem-Rutsch-wegschnief-Buches durchgeschält haben. Durchgeschält!? Nunja, ich finde LESEN und ZWIEBEL-SCHÄLEN lässt sich wunderbar vergleichen. So wie man sich beim Auseinandernehmen einer Zwiebel langsam - Schale für Schale - durch die einzelnen Schichten des Lauchgewächses durchschält und sich währenddessen das markante Aroma ausbreitet, schält man sich beim Lesen auf ähnliche Weise durch die verschiedenen Ebenen einer Geschichte und erfährt allmählich, wie und wonach der Inhalt schmeckt. Lustigerweise sorgt bekanntlich sowohl das Entzwiebeln als auch das Entziffern ein ums andere Mal für Tränen bei den Betroffenen. Sofern sie nicht andersherum und von hinten her angefangen haben. Halten Sie weiter aus, dass sie nach diesem letzten Block nichts mehr von mir hören werden. Zumindest vorerst nicht. Und halten sie bitte ferner aus und fest, dass dieses Büchlein sie auf irgendeine Weise verändert. Denn ich hänge der Meinung oder eher der Fantasie und Hoffnung an, dass Lesen uns immer irgendwie beeinflusst und uns immer irgendwohin wegträgt. Manchmal nur für einen kurzen Moment. Ganz egal, WAS wir lesen. Formung passiert. Margarethe, Bastian und Manuel durften eine derartige Innenweltreise jüngst buchstäblich am eigenen Leib erfahren. Denn auch die wundersame Dreiecksbeziehung unserer unähnlich-ähnlichen Held*innen dieser Kurz-Geschichte begann - na womit? - richtig! - LESEN. Lesen eines berührenden Briefes, der Bastian fühlbar nahebrachte, welch unbändige Durchsetzungskraft in geschriebenen Worten liegen kann. Mal in positiver, mal in negativer Richtung. Mal entstehen lustgebende, mal lustnehmende Gefühle. Haben Sie diese Strahlkraft auch gespürt? Je nachdem, welche Richtung im Innern der Charaktere vordrängt und je nach Lesart, erstrecken sich Emotionalitäten auf jegliche Aggregatszustände und setzen sich mental und gar körperlich durch. Manchmal entsteht Gefühls-Mischmasch. Und der reibt oft härter an den Betroffenen, als eine klare Empfindungsrichtung. Wäre ja auch langweilig und irgendwie unnatürlich innerlich immer direkt sortieren zu können in ist-voll-meins oder ist-so-gar-nicht-meins. Nicht wahr? Bastian jedenfalls konnte sich nicht direkt auf einen Aggregatszustand festlegen, als er Margarethes Brief kürzlich las. Er musste und wollte es erst ernsthaft herausfinden. Und wie sie alle miterleben durften tastete er sich dann auch konsequent vor - Innen und Außen. Ein gewaltiger Schritt, nicht wahr!? Denn wie ihr wahrscheinlich vermutet, lag Konsequent-Sein Bastian normalerweise eher fern. Was Nina und ihren feinen Eltern natürlich öfter missfiel. *Ist es nicht natürlich, unzulänglich und unvollkommen zu sein!?* So probierte Basti Ninas Absolutheit immer wieder zu kontern. Wie dem auch sei, inzwischen hatte sich das Lebensbejahende mit aller Härte durchgesetzt. Inzwischen lebte er in einem Echtzeit-Traum und hatte jegliche Zweifel vergessen. Margarethe und Manuel träumten mit ihm und teilten die Schönheit des unverdrängten und unverdorbenen Vergessens. Fröhlich trieben sie im wachen Moment der friedlich-zurückliegenden Vergangenheit. Das emotionale Margarethe-Revival-Wochenende war mittlerweile herangebrochen und die drei Gefühlschaot*innen lagen jetzt zeitlos nebeneinander auf der warmen Veranda von Ludoviques wundervollem Erbe. Sie fühlten sich nahe - einander und sich selbst. Nichts störte. Nicht einmal die harten Natursteinplatten, auf denen sie ungepuffert lagen. Hart oder weich - hell oder dunkel - schwarz oder weiß - jung oder alt - all diese Polaritäten verorteten Margarethe und ihre Zöglinge inzwischen als Geschmackssache oder Frage der Perspektive. Die unorthodoxen gemeinsamen Erlebnisse hatten sie gelehrt, was ein innerer Perspektivwechsel äußerlich und körperlich bewirken kann und wie frei es sich anfühlt, den Zoom des Lebens selbst zu wählen. Wenn nötig, waren sie gar bereit, ihre Individualität offenherzig zu verteidigen. So plante Bastian bereits feste damit, sich in Zukunft klarer gegenüber Nina und ihren Eltern positionieren und behaupten zu wollen und ihre oft-asynchrone Beziehung zu hinterfragen. Was auch immer das hieß und im Anschluss resultierte? Bereits im Vorfeld des Margarethe-Trips übte er sich im Rebellenmodus und teilte Nina entschlossen mit, dass er über ein verlängertes Wochenende wegfuhr. „Und wohin, wenn ich fragen darf?" hatte Nina daraufhin gebohrt. „Ich fahre mit einem Kumpel weg. Wir mieten uns ein Auto und düsen los. Ohne festes Ziel. Ein

Kurz-Trip halt", antwortete er unverfänglich und biss innerlich auf die Zähne. „Okay … klingt sehr untypisch für dich!? Wer ist denn der Kumpel? Kenn ich ihn?" analysierte Nina und bohrte weiter. „Musst du eigentlich immer meine Mami spielen!?" hörte Bastian sich aufregen und sagen und spürte seinen Puls hochschießen. „Ähhh … wie BITTE!?" fauchte Nina empört. „Naja … sorry … ist doch so. Musst mich doch nicht immer ausfragen!! Ist doch nix dabei … hab dir ja nicht erzählt, dass ich für ein Jahr durch Asien backpacke oder so!" kommentierte er und bebte innerlich. „What … ist doch nix dabei … und wenn andere Leute mich fragen, wo Basti ist … wie stehe ich dann da bitte!? Ähh … keine Ahnung … wir leben nur zusammen, haben aber eigentlich nix miteinander zu tun!" polterte sie. „Naja, kommt mir manchmal tatsächlich so vor!" gab Bastian angriffslustig zurück. „Und außerdem ist es mir echt Wurst, was andere Leute über uns denken!" ergänzte er und ließ sich von seinem Bauch steuern. „Na dann wünsch ich euch viel Spaß! Dir und deinem geheimnisvollen Kumpel! Und wenn ihr irgendein Problem bekommt, dann bin ich leider zu beschäftigt dieses Wochenende", beendete die hoch-perplexe Nina ihre neuartige Konversation. Apropos Konsequent-Sein. Ihr merkt liebe Leser*innen: Das Leben verkleidete sich für Bastian nicht länger als erdrückende Bürde, sondern ließ sich auf lustvolle Weise choreographieren und immer wieder neu kostümieren. Manuel erging es ähnlich, wenn auch die Kommunikation mit seinen Pflegeeltern unkomplizierter verlief: „Bin übers Wochenende bei 'nem Kumpel! Nur zur Info! Komm' am Montag oder so zurück", erklärte er gewohnt-knapp. „Alles klar. Aber lass dein Handy bitte an und pass auf dich auf!" hallte die wohlgemeinte Antwort. Die dritte im bunten Bunde entdeckte ihre Freiheit wieder. Aber im Gegensatz zur frühen Vagabundenzeit lehnte sich die neuartige Freiheit nicht gegen Fremdsteuerung auf, sondern entsprang inneren Wohl-Zuständen. Margarethes Bauch öffnete Räume für das Erlebnis einer Freiheit *zu* Etwas. ZU Lebendigkeit. ZU Offenheit. Und erfreulicherweise lernten auch Bastian und Manuel ihre neue Choreographenrolle lieben und folgten jetzt ihrem eigenen Masterplan. Und der sah momentan ganz einfach aus: Entspannt-da-liegen. Flach auf dem aufgewärmten Verandaboden des süßen Ferienhauses. Gedanken vorbeihuschen und passieren-lassen. Loslassen. *Derbe Chillen,* hieße wohl Manuels semi-professionelle Beschreibung des meditativen So-da-liegens, dass seit Bastian und Manuels Ankunft vor 3 Tagen fest auf ihrer Agenda stand. Richtig! Tolle Beobachtung liebe Leser*innen. Das Miteinander-Chillen ähnelte dem weichen Wunschlos-Sein-Moment, den Bastian und Manuel kürzlich auf der Treppe am Europaplatz erlebten. So loderte jeden Nachmittag ein fernes kommt-mir-irgendwie-bekannt-vor-Bauchgefühl in den beiden jungen Rebellen auf, wenn die frischgebackene Küstenbewohnerin Margarethe die stille Veranda-Meditation ausrief. Déjà-Vu - passte ja irgendwie zu Frankreich. Nach ihrer rasanten Holper-Flucht und dem traumhaften Neustart an der geliebten Côte d'Azur, hatte Margarethe angefangen, sich umfassend mit buddhistischen Weisheiten zu beschäftigen. Woher rührte dieses bisher-nie-dagewesene Interesse für fernöstliche Lehren? Nunja, liebe Leser*innen an diesem Punkt möchte ich Sie bitten, sich Margarethes rasanten Tapetenwechsel mal vorzustellen ... na!? Bereit zum Aufbruch!? Lodern schon Frühlingsgefühle!? Lust auf Neues!? Woher Margarethe die Idee nahm, ein exotisches Im-Moment-Sein-Training auszuprobieren und an ihrem neuen Wohnplatz zu ritualisieren, lag zum Einen wohl an den zahlreichen Buddhafiguren und karmischen Büchern, die sie in ihrem übermachten Vagabunden-Häuschen vorfand. Zum Anderen an dem unausweichlich-nostalgischen Gefühl von Heimat und Nähe zu Ludovique und ihrem geliebten Hubert, dass sie fortdauernd in dieser Umgebung empfand. Es dauerte zwar eine ganze Weile bis die von-Haus-aus-hippelige Margarethe das Nichts-tun und Nichts-wollen einigermaßen verstand und erspürt hatte, doch nach und nach durchlebte sie Momente tiefer Entspanntheit, die einer Art Schlaf ähnelten. Margarethe hatte gelernt, dass Meditation durch gelenkte Achtsamkeit und Aufmerksamkeit helfen kann, mehr Lebendigkeit und Tiefe im Dasein zu erfahren. Innerlich bewegt beschloss sie daher, das erfrischende spirituelle Neu-Wissen in Kürze an ihre beiden Wunsch-Jungs weiterzugeben. Und direkt nach deren ersehnter Ankunft setzte sie ihre Pläne in die Tat um und eröffnete den Unterricht.

Manch einer unter Ihnen liebe Leser*innen mag an dieser Stelle möglicherweise kurz einhaken und nachfragen, wie das märchenhafte Wiedersehen von Bastian und seiner heißvermissten Oma eigentlich verlief? Berechtigte Frage: Wollt ihr die Lang- oder die Kurzversion? Oh, waren wir überhaupt schon beim DU? Naja, Sie begleiten mich jetzt ja schon eine Weile ... hoffe Sie nehmen es mir nicht übel!? Here we go: Kennt ihr das Phänomen: du probierst eine Sache ganz langsam auszuführen und ertappst dich immer wieder dabei, wie du das Tempo wie-von-Geisterhand-gelenkt steigerst. Natürlich!? Hab' ich mir schon gedacht. Naja, dieses Tempo-Push-Phänomen passierte Bastian und Manuel die ganze Autofahrt über. Der Grund dafür lag natürlich auf der Hand: Bastian war gerade tatsächlich auf dem Weg zu seiner verlorengeglaubten Oma. Und so konnte er nicht anders als zehn epische stundenlang zu heizen was die aufgeheizte Leihkarre hergab - ganz zur unverdorbenen Freude seines aufgeregten Beifahrers. Witzigerweise pflegte Bastian schon immer einen eher ruppigeren Fahrstil, was ihm Manuel im Vorhinein niemals zugetraut hätte. Zehn Stunden später ließ Bastian zunächst das Steuer, dann jeglichen Glauben an Wissenschaft und Logik los. Denn trotz des Briefverkehrs und Manuels zigfachen Zusicherungen war Bastian auf diesen überwältigenden Moment nicht vorbereitet: Margarethe lebte!! Tatsächlich und leibhaftig!! Und sie lächelte wieder!! Wie früher!! Engelsgleich stand sie auf dem Treppenansatz vor dem Ferienhaus und ihre Lebendigkeit hüpfte die 20 Stufen hinunter bis zu Bastians weichen Füßen. Er mühte sich aus dem Auto und tastete sich langsam bis zur ersten Stufe vor. Komischerweise hielt das unbändige Verlangen danach loszurennen ihn genau davon ab. Wie gelähmt hielt er am unteren Treppenende und erstarrte. Er spürte Margarethes lebendige Präsenz und doch konnte er jetzt weder seinen Blick, noch seine Beine heben. Margarethe stand da. Lächelnd. Ohne zu drängen. Nach kurzer Weile streckte sie ihre Hand zu einer Geste-des-willkommen-heißens-geformt nach unten aus und Bastians Reflexe reagierten. Zuerst bewegten sich seine Augen. Stufe für Stufe tasteten sie sich empor und Tränen trockneten seine Nervosität und dimmten sein Herzklopfen. Dann erblickte er Margarethe. Leise. Lächelnd. Atmend. Und rannte los. Was folgte, klang nach einem langen Hauch von Glückseligkeit und Hoffnung, dessen Bildhaftigkeit ich lieber Ihrer Vorstellungskraft und gefühlvollen Lese-Stille überlassen möchte liebe Leser*innen. Wegen mir, haltet diesen Moment fest umschlungen, wie einen wärmenden Tee an kalten Schmuddeltagen. Solange, bis Freud und Leid sich ineinander auflösen und verlieben.

Wunschlos schreibe ich jetzt weiter. Irgendwo zwischen metaphorischen Treppenstufen und zigtausend Tippfehlern schimmert auch meine ersehnte Ankunft. Wobei warte mal ... wenn ich an dieser Stelle nochmal Monika zitieren darf - ihr wisst noch, die Leiterin von Manuels JuBe - dann müsste ich eher von einem *Zwischenstopp* auf meiner ewigen Suche sprechen. Eine kurze Insel. Und wie auf Inseln halt so üblich, wandere ich fröhlich umher. Und als erstes wandere ich nochmal einen weichen Schritt zurück und lege mich neben Margarethe, Basti und Manuel auf die vorgeheizten Marmorplatten. Beim Nix-tun und Lauschen stelle ich fest, dass die jungen Neuankömmlinge so langsam ein bisschen Chill-Routine und Freude am Tagträumen entwickelt haben. Und genau darum ging es: den Geist durch unmittelbare und unabgelenkte Präsenz auf eine höhere Bewusstseinsebene zu führen, die voller Liebe und Freude am Wesen der Welt ist. Klingt nach Traum-Insel, oder!? Manuel beispielsweise entdeckte eine ganz neue und gefühlt-energievollere Seite des In-den-Tag-Hineinlebens. Während er früher einfach *rumchillte* oder gelangweilt *rumflätzte*, was ihm hinterher weder erholsam noch zufriedenstellend vorkam und auf diese Weise seinem dauergefrusteten Dasein zuspielte, führte das bewusste Entspannungstraining zu neuartigen Glücksgefühlen und wahrer Ruhe. Das harte Veranda-Terrain weichte die Liegenden emotional auf und wuchs für eine kurze Weile zu einem ungefährlich-warmen Treibsand heran, der die Träumenden durchmassierte und kurz vor dem wieder-erwachen leichtfüßig ablegte. Legt euch gerne dazu liebe Leser*innen. Probiert es aus. Denn darin lag die buchstäbliche Essenz des Da-Liegens: Im Ausprobieren und Ablegen. Denn was Margarethe, Bastian und Manuel in ihren mediterranen Wachträumen ablegten und losließen, war weder simpel noch komplex, weder rein-individuell noch rein-kollektiv. Es war merkwürdigerweise das, wofür jeder es hielt: nämlich real. Und niemand musste gelernter Traumdeuter sein, um zu erspüren, was im Innern passierte: naive Theorien über Hässlichkeiten und Bösheiten im Außen legten sich. Das Liegen lotste die Liegenden in ihre Mitte und befreite von limitierenden Vorsilben. Weder ÜBERlegenheit noch UNTERlegenheit noch VERlegenheit noch HINTERlegenheit traten vor. Liegen war Vorlage genug. Und GENUG, liebe Leser*innen, klingt mir, wie eine schöne und bescheidene Vorlage für viele Dinge des Lebens.